KB053988

언젠가 시간이 되는 것들

언젠가 시간이 되는 것들
© 이화정 2016

초판 1쇄 인쇄 | 2016년 5월 16일
초판 1쇄 발행 | 2016년 5월 23일

글, 사진. 이화정

펴낸이, 편집인. 윤동희

기획위원. 홍성범
디자인. 이진아
제작처. 영신사

펴낸곳. (주)북노마드
출판등록. 2011년 12월 28일 제406-2011-000152호

주소. 04003 서울시 마포구 월드컵로 12길 45
문의. 010. 4417. 2905
전자우편. booknomadbooks@gmail.com
트위터. @booknomadbooks
페이스북. booknomad
인스타그램. booknomadbooks

ISBN. 979-11-86561-21-8 03810

www.booknomad.co.kr

언젠가 시간이 되는 것들

시간 수집가의 빈티지 여행, 두번째 이야기

이화정 글·사진

북노마드

차례

4장 빈티지 세상을 꿈꾸다

필름에 관한 짧은 기억

바람결에 '삼성사' 아저씨가 돌아가셨다는 소식을 들었다. 그분은 필름카메라를 쓰는 사람에게는 '제페토 영감'같은 분이었다. 아니 백발이 희끗희끗한 '맥가이버'로 설명해도 괜찮겠다. 바닷물에 빠져 소금기 있는 콘탁스 T2 카메라도, 바닥에 떨어뜨린 니콘 FM2의 50mm 표준 렌즈도, 구하기 힘든 부품으로 카메라가 무용지물에 처할 위기에서도 이곳에 진득이 맡겨두면 말끔히 치료를 받았다. 필름 카메라 수리점은 생각보다 많지 않다. 거기에 라이카, 콘탁스, 펜탁스 기종까지 나눠지고 나면 전국에 손꼽는 전문가는 더 한정적이다. 그러니 독보적이랄 수밖에. 부고 소식에 그곳을 찾았던 기억이 한꺼번에 몰려든다.

충무로 뒷골목, 삼성사는 엘리베이터도 없는 낡은 건물에 자리하고 있었다. 1980년대부터 쭉 그 자리를 지켰을 듯한 모양새. 작은 간판 하나가 전부라 요즘 식으로 따지자면 공력이 대단한 '간판 없는 식당' 같은 분위기를 풍긴다. 문을 열면 작은 입구가 있고, 유리 파티션 안쪽에는 카메라를 수리하는 온갖 장비가 놓인 수리용 책상이 있다. 고장 난 카메라를 안고 발을 구르며 수소문해 이곳까지 달려온 이들이 대다수일 텐데, 그런 안달에 도가 통했는지 아저씨는 긴말은 하지 않았다. "고칠 수 있을까요?" "수리하고도 사진 색감이 제대로 나올까요?" "수리비가 많이 들지 않을까요?" 질문의 레퍼토리가 뻔하기도 했을 것이다. 수리 기한을 알려주는 것 말고 구구절절 설명이 돌아오는 걸 기대하기는 어렵다. 나 역시 예외는 아니라 한번은 고장 난 카메라를 들고 예의 그 질문을 아저씨에게 차례대로 던지는데, 먼저 접수를 마친 중년 남자가 대화에 끼어들었다. "저는 길 건너 한옥마을을 좀 한 바퀴 돌고 올게요." "네, 그러세요. 그동안 될 거예요." 파마를 말고 잠깐 목욕탕에라도 다녀오겠다는 아줌마 같은 대사를 남기고 고장 난 카메라를 맡긴 남자가 그렇게 자리를 떴다. 그게 벌써 몇 년 전 일이다. 부고 소식을 듣고 그날이 삼성사에 간 마지막 날이었구나 싶었다.

그러고 보니 콘탁스 T2를 쓰면서 몇 번 삼성사를 찾았다. 떨어뜨리고 물에 빠뜨리고 갑자기 작동이 멈춰 구조의 손길을 요했던 콘탁스 T2 는 아저씨의 신중하고도 묵묵한 치료를 받았고, 지금껏 건재하다. 출 장길에 여행길에 인터뷰에 지금도 늘 그 묵직한 똑딱이 카메라를 들 고 다니는데, 여행길에 싸들고 가는 필름의 부피와 무게를 생각하면 참 못할 짓이다. (세 달간 유럽 여행을 할 때는 필름 70롤을 아이스박스에 챙겨갔 는데, 여행으로 심신이 지쳐가면서 그 무게가 버겁게 나를 짓눌렀다. 한 롤 한 롤, 필 름의 종이 상자를 버릴 때마다 무게가 줄어든다는 생각에 어찌나 쾌감이 크던지!) 포토그래퍼 친구는 '어차피 아날로그 필름으로 찍고 디지털 스캔을 거치는데 필름으로 찍는 게 무슨 의미가 있느냐'는 공격성 질문을 던 졌다. 이 시대를 대변하는 포토그래퍼 애니 레보비츠는 "아이폰이 모· 든 카메라를 대신할 것"이라고 예견했다. 찍자마자 색 보정과 크롭까 지 해서 SNS에 올리는 일사천리의 과정. 아이폰 6의 놀라운 카메라 성 능으로 찍은 멋진 작품이 아이폰 광고로 사용되는 마당에 필름을 굳 이 쓰겠다는 건 뭔가 시대를 거부하는 융통성 제로의 고집불통으로 보인다. 나도 뭐 그다지 주장이 강한 편은 아니라 그럴 때마다 볼프강 틸만이나 라이언 맥긴리, 테리 리처드슨, 유르겐 텔러처럼 필름 카메 라를 고수하는 작가들의 이름을 떠올린다. 그들이 소유한 기종의 카 메라를 소유한다면 마치 그런 작품이 나올 듯한 기대도 아주 하지 않 은 건 아니었다.

하지만 이번에도 고장 나면 막막하다. 삼성사 아저씨의 부고 소식이 내겐 코닥의 필름 생산 중단만큼의 크기로 다가왔다. 이름 없는 한 개인의 죽음이 거대한 세계의 흐름에 미미한 움직임을 가할 수 있다는 생각이 들었다. 버튼을 누르는 순간 피사체가 담기고 컴퓨터에 디지털 프린트되는 과정이 어느 하나 보이지 않는 디지털 세계와 달리, 필름 작업은 모든 순간순간 인간이 개입해야 하는 '손 타는' 작업이다. 필름 생산자와 포토그래퍼, 현상과 인화를 하는 공정이 필요하다. 그걸 구현해주는 하드웨어인 카메라의 수리 역시 촬영이라는 복잡한 단계다. 그래서 아날로그는 노동력과 시간이 필요하고, 불필요한 작업이 많으며 비효율적이라 멸종이 불가피한 공룡이 되었다. 이런 고민이 불거지는 사이, 코닥이 필름 수요의 저하로 인한 경영난을 극복할 계책으로 영화를 찍을 필름 생산을 중단하겠다고 발표했다. 지금은 쿠엔틴 타란티노, 크리스토퍼 놀란, J. J. 에이브람스 같은 할리우드 영화감독이 필름의 지지자임을 밝히고 거대 제작사를 설득해, 코닥의 필름을 장기적으로 구매하는 방향으로 극적 타협을 이루었다. 웨스 앤더슨은 〈그랜드 부다페스트 호텔〉을 필름으로 완성했고, J. J. 에이브람스는 〈스타워즈 에피소드 7〉을 필름으로 촬영하며 필름의 장점을 몸소 설파하려 한다.

그러고 보면 사람 맘이 정도의 차이는 있지만 똑같다 싶다. 코닥의 몇몇 인기 필름 단종 소식에 필름을 잔뜩 사서 냉장고 가득 쟁여놓았다. 그 정도가 시대의 흐름에 저항하는 내 유일한 조치였다. 거대한 흐름을 애써 막아보자는 저항의 의미는 아니다. 지난 시절 추억에 빠져 '현재'라는 발목을 부여잡고 허우적거릴 생각도 없다. 그저 아직까지는 필름이 가진 장점, 아날로그가 찬사를 받는 지점을 조금 더 누리고 싶을 뿐이다. 누군가는 앞만 보지 않고 느리게 그 미덕을 돌아봐줘도 좋겠다. 이 책이 그 긍정적 돌아봄에 하나의 방법이 되었으면 한다.

1장

빈티지,
일상과 낭만 사이

파리 생 마르텡 운하

파리 최상의 숙소를 만나다

파리에서는 대체로 숙소 운이 좋지 않았다. 배낭여행 때 갔던 유스호
스텔은 이층침대로도 모자라, 그 아래 매트리스만 깔아두고도 투숙객
을 받았다. 당시만 해도 숙소는 어디까지나 '하룻밤 몸을 눕힐 곳'이라
는 개념으로 접근했으니 불편해도, 힘들어도 복불복이라 생각했다.
이후 숙소를 좀더 신경 쓰자는 주의가 되고서는 호텔을 찾았는데, 한
번은 막상 가서 보니 예약 사이트에 있던 사진 속 공간에 비해 절반도
되지 않을 만큼 협소해 성질을 돋우었다. 분명 싱글베드 두 개 방을 예
약했는데, 문을 열고 보니 두 침대 사이가 A4 용지 하나 들어갈 틈 없
이 딱 붙어 있었다. 동행한 친구와 나는 한 침대를 쓴 거나 마찬가지였
다. 그 와중에 화장실에 들어간 친구가 연신 '악' 소리를 질러댔다. 몸
이라도 돌릴라치면 옆의 벽과 부딪혀야 하는 무시무시하게 작은 크

기. 꽤 비용이 나갔는데도 그 모양이었다.

다음에는 호텔은 피하자 싶었다. 한번은 부동산 정보 사이트로 유명한 '크레이그리스트www.craigslist.org'에서 집을 구했다. 마침 파리에 간 친구가 크레이그리스트에서 집을 구했는데, 창문을 열면 에펠탑이 보이는 게스트하우스 사진을 보내온 것이 화근이었다. 나 역시 그에 버금가는 집을 찾았고, 송금했고, 집주인과 꽤 즐거운 내용의 메일을 나누었는데, 주소를 찾아 도착한 '마레 지구'의 그 집 앞에, 그런 이름의 주인은 살지 않았다. 그러고 보면 상점들이 밀집해 있는 쇼핑가 한가운데, 그런 괜찮은 집이 나왔을 때부터 의심해야 했다. 당장 갈데도 없는 내가 가진 건 20일 출장을 위해 싸온 각종 짐(사진기자의 카메라 장비와 김치, 라면 한 박스 같은 것들)과 16시간 비행으로 생긴 삭신이 쑤신 몸뚱어리, 그리고 밤 11시라는 살인적인 파리의 시간뿐이었다. 파리 외곽에 사는 통신원은 내 기구한 사연을 듣자마자 "울랄라! 당하셨군요"라고 했다. 최근 튀니지 등 아프리카의 사기꾼이 파리의 숙소로 장난을 쳐서 낭패를 겪는 사람이 한둘이 아니라고 했다.

뜻밖의 사건으로 망연자실한 순간 드라마 같은 상황이 발생했다. 앞집 레스토랑 주인이 이리저리 수소문하는 와중에, 마침 지나가던 청년이 "잠깐 봅시다"라며 주소를 확인했고, 지금은 어디에 가도 숙소를 구하기 힘드니 자신의 집에서 하룻밤 묵으라는 것이다. 내가 가려던 맨션이 그의 집이었다. 파리의 엔지니어 회사에서 일하는 독일인 도미니크. 몇 차례 거절했지만, 사실 그럴 처지가 아니었다. 그를 따라 들어선 집은《보그 인테리어》에나 나올 법한 완벽한 파리의 싱글남 하우스였다. 대리석 바닥에 너른 거실과 세련된 가구가 즐비한 응접실. 뿐만 아니다. 부엌을 보니 이 남자의 취향이 어느 정도인 줄 알겠다. 한쪽 벽에 가지런히 줄지어 선 향신료 세트. 이번엔 내가 '울랄라!'다.

   침실을 내어주겠다는 걸 극구 사양하자, 공기를 주입해 만드는 침대를 세팅하고 그 위에 새 시트를 깔아주고서야 그는 '편안한 밤 되라'는 인사를 남기고 침실로 사라졌다. 파리의 연쇄살인범일지도 모를 일인데 그날 밤 나는 아주 그냥, 모든 피로를 내려놓은 채 잤다. 사기꾼과 계약했던 그 자리, 그러나 실은 존재하지 않은 허구의 계약. 무슨 영문인지 그보다 더 좋은 집에 실제로 묵게 된 그날의 오락가락 운세는 한 페이지를 더 써도 모자랄 지경이지만. 어쨌든 도미니크에게 감사를, 심지어 저녁을 대접하겠다며 짐을 놓고 내려오라던 앞집 레스토랑 주인에게도 감사의 인사를 전한다.

   이야기가 길어졌지만, 생 마르텡 운하Canal Saint-Martin 옆 게스트

하우스는 그런 시행착오를 겪은 후 만난 파리 최상의 숙소였다. 앞서 다른 게스트하우스에 묵었던 친구의 제안으로 그곳에 묵게 되었다. 그때 게스트하우스 주인이 자기 집은 예약이 꽉 찼는데, 지인이 새 게스트하우스를 오픈해 첫 투숙객을 구하고 있다고 귀띔해준 것이다. 도심에서 좀 떨어져 있지만, 생 마르텡 운하 앞인데 뭘 더 바랄까 싶었다. 영화 〈아멜리에〉에서 '아멜리에'가 물수제비를 뜨던 운하 앞에서 물수제비 한번만 뜨고 와도 괜찮은 파리 여행이지 싶었다. 2박 정도밖에 시간이 허락되지 않은 상황이라 아예 한가롭게 파리지앵의 여유를 즐겨보자고 마음먹고 그곳을 찾아갔다.

우리가 묵을 곳은 주인 집과는 떨어진 별채였는데, 복층 구조의 다락방에는 침실이, 그 아래 부엌과 응접실이 있고, 침실 밖으로 테라스가 있는 아담한 숙소였다. 전체가 나무로 되어서 소설 『허클베리 핀의 모험』에 나오는 아지트 느낌이 들었다. 인테리어 제품 하나하나가 주인의 센스를 궁금하게 만들었다(알고 보니 그녀는 디자인 회사의 마케팅 담당자였다). 그곳은 부부가 운영하는 곳이었는데, 아침에 남편이 자전거에 바게트와 장미 한 송이를 사들고 집으로 오는 광경을 목격하고 그 낭만에 무너질 수밖에 없었다. 게다가 첫 투숙객이라는 행운의 대상이 되어 본채에 초대받는 행운을 누렸다. 파리의 오래된 맨션을 직접 모은 빈티지 가구로 장식하고, 거실 한 벽면 가득 만화 『틴틴의 모험』의 한 장면으로 장식한 놀라운 집이었다.

    덕분에 생 마르텡 운하는 내게 그 아름다운 숙소와 함께 잊지 못할 파리의 공간이 됐다. 〈아멜리에〉로 잘 알려져 있지만 사실 그곳은 오래전 흑백영화 〈북호텔〉의 배경이기도 하다. 영화의 배경이 된 '북호텔Hotel Du Nord'은 '아멜리에'가 물수제비를 뜨던 생 마르텡 운하 바로 앞에 위치한다. 젊은 남녀 피에르와 르네가 동반 자살을 할 요량으로 북호텔을 택했다는 점에서 작품 속 호텔의 용도는 다소 끔찍해 보인다. 하지만 먼저 여자를 쏘고 자신도 뒤따르려던 피에르는 르네만 쏜 후 도망쳤고, 다행히 르네는 옆방 남자의 도움으로 목숨을 구함으로써 극단의 비극을 비껴가며 사랑의 소동극으로 남게 된다. 북호텔의 정감 있는 분위기 역시 비극을 상쇄시켜준다. 이곳은 여행자가 하루 이틀 묵고 가는 호텔이라기보다 장기 투숙객이 점거하는 작은 숙소라 주인과 객이 서로 안부를 묻는 친근한 구조다. 르네의 생명은 옆방 남자가 구해주며, 딱한 처지를 알고 그녀를 보살펴주는 것도 호텔을 운영하는 친절한 부부다.

    영화 속 북호텔에는 두 가지 비밀이 있다. 하나는 영화 속 북호텔은 진짜가 아니라 미술감독 트루네가 만든 세트라는 것. 운하며 호텔까지 모두 세트로 재연했다는데 방문해본 결과 감쪽같다. 또하나는

간판은 그대로지만 지금은 호텔이 아니라 레스토랑이라는 점이다. 운 좋게도 숙소가 북호텔 바로 뒤라 나는 영화의 정서를 삼 일 내내 느꼈 다. 낮에는 집 앞 공원에서 와인을 마시고 누워서 하늘을 보다가, 저녁 엔 북호텔 레스토랑에서 스테이크와 와인을 즐겼다. 물론 르네가 거 닐었던 생 마르텡 운하를 거닌 건 기본이고. 번화가의 숙소에 질렸다 면, 조금만 더 품을 들여 이런 오래된 동네를 찾아보기를 권한다.

이탈리아 프로치다 섬

이탈리아인의 소박한 휴양지

어릴 적 내게 처음 외국 이미지를 심어준 곳은 우습게도 서울의 거리
였다. 한 곳은 광화문에서 충정로로 가다보면 버스 창밖으로 보이는
'카페 슈바빙'이었다. 불꽃처럼 살다 간 천재 작가 전혜린이 유학하
던 독일 뮌헨의 거리 슈바빙Schwabing에서 따온 이름이었다. 감수성이
풍부하던 어린 시절, 슈바빙 세 글자가 전해준 매혹은 대단했다. 짧은
그녀의 생을 향한 안타까움과 카페 앞 거리를 오갈 때의 추위가 뒤섞
여, 한 번도 가보지도 못한 독일의 작은 거리 슈바빙의 이미지가 만들
어졌다. 언젠가 그 카페에 꼭 가보고 싶었는데, 어른이 되기 전에 문
을 닫았다.

또 한 곳은 집 근처에 있는 작은 바였다. 이름은 니코스 카잔차키
스의 소설 제목을 그대로 가져온 '그리스인 조르바'였다. 언제 생긴 바

인지 모르지만 꽤 오래 그 자리를 지키고 있었다. 거리를 지날 때마다 바의 문을 열면 크레타 섬의 푸른 바다를 만끽하며 소설 속 젊은 청년이 그랬던 것처럼, 그리스 노인 조르바의 지혜를 얻지 않을까 하는 막연한 기대를 하곤 했다.『그리스인 조르바』를 읽게 된 것도 당연히 그곳 때문이고, '어른이 되면 꼭 가봐야 할 바' 1순위 여행지도 그곳이었다. 소설의 배경이 된 크레타 섬이 아니라 동네 어귀의 한적한 바가 소설의 감흥을 살려줄 '버킷 리스트'에 올라 있었다니, 생각해보면 참 이상한 욕망이었다. 마침내 대학생이 되어 그 바에 한번 가보았지만, 막상 들어가니 제목이 주는 이국적 분위기와 달리, 그저 그런 1990년대 한국식 카페와 다를 바 없어서 실망했던 기억이 있다. 이후 배낭여행으로 크레타 섬에 갔지만, 지금도 여전히『그리스인 조르바』를 떠올리면 '진짜' 크레타 섬보다는 우리 동네에 있던 그 바가 떠오른다.

동경하는 이미지로 닿고자 하는 욕망은 이후에도 멈추지 않았다. 한번은 이탈리아의 작은 섬마을 프로치다Procida에 간 적이 있다. 프로치다 섬은 나폴리 근처의 작은 섬이다. 이 지역을 여행하는 사람들은 푸른 동굴로 유명한 카프리 섬을 놓치지 않지만, 빠듯한 일정 탓에 두 섬을 모두 가는 건 무리라고 판단한 나는 카프리 섬 대신 프로치다 섬으로 방향을 바꾸었다. 언제 이곳에 다시 올지 모르는 상황에서 과

감하게 카프리 섬을 포기한 것은, 프로치다 섬이 영화 〈일 포스티노〉의 배경이라는 이유에서였다. 정치적 이유로 망명을 한 페루 시인 네루다, 그리고 그의 우편물을 전담하는 순박한 우편배달부 마리오. 영화는 한 사람의 인생을 바꾼, 짧지만 깊은 우정을 감명깊게 그려 엄청난 반향을 일으켰다. 마음에 드는 여성에게 프러포즈를 하고 싶어 네루다에게 도움을 요청한 순박한 청년 마리오는, 네루다의 가르침으로 연애편지를 쓰면서 이제까지는 몰랐던 시와 은유의 세계를 알게 된다. 사회적 지위도, 하는 일도 심지어 나이 차도 엄청난, 어찌 보면 교류할 일이 없을 것 같은 두 남자가 소통하는 그 순간이 참 영화적이었다. 영화를 본 후 네루다와 마리오가 걷던 소박한 바닷가가 머리에서 떠나지 않았는데, 직접 마주할 기회를 놓칠 수 없었다.

막상 그렇게 마음먹고도 프로치다 섬으로 가는 배를 타자 슬슬 불안감이 몰려왔다. 자고로 여행자의 입장에서는 외국인 머릿수가 많아야 '검증받은' 여행지로 통하는데, 배 안이 온통 현지인으로 가득했기 때문이었다. 선착장에 내리니 섬을 찾는 이들의 면면이 보다 확연하게 드러났다. 외국인은 카프리 섬처럼 보기 좋은 섬으로 가버리고, 이곳은 현지인의 가벼운 나들이 명소인 듯했다. 그리고 모두 애, 어른 할 것 없이 '인빅타 Invicta'라고 쓰인 배낭을 메고 있다. 무슨 단체 배낭이라도 되는 걸까 싶어 나중에 이탈리아에서 오래 유학한 지인에게 물어보니, 인빅타는 100년이 넘는 전통을 가진 이탈리아 국민 배낭 브랜드라고 한다. "초등학교 때 부모님이 사주는데 어른이 될 때까지 주야장천 메고 다녀요. 끈이 떨어지면 수선해서 메고, 또 떨어지면 또 수선해서 메고. 그야말로 평생을 가지고 다니는 거죠." 몸판과 가방 끈, 지퍼, 앞주머니 어느 하나 같은 색이 없는 원색의 조합. 언뜻 보면 정신없어 보이지만, 낡아서 그런지 모든 색이 조화롭게 어우러진다. 아마, 새 인빅타 제품을 산다 해도 세월의 흔적을 담는 건 불가능할 것이다. 그만큼 낡은 멋이 묻어야 제멋인 배낭이다. 그들은 그렇게 이탈리아 빈티지의 아름다움을 내 마음에 표표히 남겨놓고 금세 자취를 감추었다.

절벽과 바다가 어우러진 남부의 작은 해변 마을. 〈일 포스티노〉가 남긴 흔적을 찾아 본격적으로 길을 나섰다. 언덕 꼭대기에 있는 네루다의 집, 술집, 가파른 계단, 찾아봐야 할 곳이 한둘이 아니다. 그런데 막상 촬영지의 분위기를 느낄 만한 단서가 많지 않다. 언덕 중턱에 작은 기념품 가게. 무더운 여름 내리꽂히는 지중해의 햇빛 아래, 빛바래고 먼지가 내려앉은 조악한 영화 엽서가 영화의 흔적을 말해줄 뿐이다. 그래, 결국 영화에서 네루다는 조국 페루로 떠났지. 필생의 멘토를 보내고 남겨진 우편배달부의 쓸쓸함이 배가 되는 기분이다. 언제 매

ⓒ이유진

입해서 팔고 있는 걸까. 아마 앞으로도 저 상태의 엽서를 제값을 내고 사는 사람은 없을 텐데. 팔릴 일 없을 듯한 엽서를 상점 입구에 상품으로 전시한 것이 역설적으로 보일 지경이다. 1994년에 개봉한 영화를 찾아 이곳을 찾는 사람들이 앞으로 얼마나 더 있을까.

마음이 무겁다 싶어 네루다와 마리오가 거닐었던 치아이아 해변으로 향했다. 카프리 섬의 하얀 백사장과 달리 치아이아 해변은 검은 모래로 유명하다. 나폴리나 로마의 휴양객이 모인 까닭에 작은 해변은 이탈리아인 특유의 흥으로 가득하다. 게다가 섬은 얼마나 작은지, 배를 타고 오는 동안 통성명을 했던 마을 청년이 그새 집에 다녀왔다며 친구들과 와 있었다. 배에서는 꽤 친절했는데, 바닷가에서 본 그는 마리오 같은 순수 청년과는 사뭇 다르게, 윗옷을 벗은 차림으로 해변 마을의 능글맞은 본색을 드러낸다. 마을을 둘러본 소감을 이야기했더니, 그가 말한다. "영화를 보고 오는 사람이 이제는 많지 않아. 작고 볼 것도 없으니까. (웃음) 대신 내 오토바이로 마을 구경을 시켜줄게." 우락부락한 이탈리아 남자의 오토바이 뒷자리에 탈 생각을 하니 좀 아찔해 극구 사양했다.

떠나기 전 그는 바닷가에서 간이매점을 하고 있는 아저씨에게 나를 데려다줬다. "마을에서 엄청 유명한 분이야"라고 운을 뗀다. 매점 앞에 나와서 연신 모래사장을 쓸고 있는 아저씨를 보니 괜히 재밌다. 청년이 "라디오를 켜달라고 해봐"라고 하니 듣고 있던 아저씨가 매점 안으로 들어간다. 매점 작은 트랜지스터라디오를 가리키며 나보고 어느 나라에서 왔냐고 묻는다. 한국이라고 답하자 "안녕하세요. 이곳은 아름다운 섬마을입니다" 하고 한국어가 툭 튀어나온다. 저걸 도대체 어떻게 녹음한 거지 싶은데, 이어지는 내용이 더 기가 막힌다. "가지고 오신 쓰레기는 꼭 다시 가져가주십시오"라는 환경미화용 멘트. 이탈리아 섬마을, 〈일 포스티노〉 속 은유의 시가 들리던 아름다운 바닷가 마을에서 한국말로 녹음된 쓰레기 처리 지침을 듣고 있자니 기가 막혀 웃었다. 그 반응이 재밌는지 아저씨는 연속으로 중국어, 일본어 멘트를 틀어준다. 아마 한국인, 일본인 등 이곳을 찾은 여행객에게 녹음을 부탁한 것 같다. 영화가 개봉하고 한동안은 영화의 명성으로 수많은 외국인이 이곳을 찾았을 테니 이런 즐거운 안내문을 만들었는지 모르겠다. 아니 그보다 바닷가를 얼마나 지저분하게 만들었으면 이런 내용으로 녹음했을까 싶기도 하다만.

프로치다 섬에서 나고 자란 아저씨는 당연히 〈일 포스티노〉가 촬영되던 때에도 섬을 지켰다고 했다. "덕분에 마을이 유명해졌지만 지금이 오히려 편안하다"는 말도 덧붙인다. 문득 이탈리아의 작은 섬에 살고 있는 이 중년 남자도 하루에 몇 번씩 녹음기를 재생하면서 서울

을, 도쿄를, 북경을 떠올리지는 않았을까 싶다. 겨울의 이미지 슈바빙

과, 여름의 이미지 크레타 섬의 기억 사이로 나는 또 이탈리아 프로치

다 섬의 치아이아 해변을 살짝 끼워놓는다.

ⓒ이유진

독일 베를린

힙스터의 열기를 걷어낸 베를린 풍경

베를린은 중심가 미테를 경계로 동베를린과 서베를린으로 나뉜다. 빔 벤더스의 영화 〈베를린 천사의 시〉에 나오는 천사상과 브란덴브 루크 문 등 관광지가 즐비한 서베를린과 달리, 동베를린은 아직 통일 전 독일의 모습을 간직하고 있다. 소위 예술을 한다는 자, 자유로운 영혼을 간직한 젊은이들이 동베를린으로 몰려든 것은 경제적 필요에 의해서였다. 소유권이 불분명한 건물은 무료로 입주가 가능하기까지 했다. 무료까진 아니더라도 동베를린 쪽으로 갈수록 장기 체류자가 싸게 머물 수 있는 공동주택이나 숙소가 넘쳐났다. 뉴욕과 파리, 도쿄 같은 대도시를 부유하던 아티스트에게 이보다 더 좋은 조건은 없었 다. 돈 없고 의욕 넘치는 아티스트의 그럴듯한 베를린 점령이 시작된 배경이다.

예술가는 아니지만 나도 호기롭게 베를린에 한 달가량 체류하기로 했다. 싼 아파트가 많다니 숙소도 그 자리에서 얻으면 되겠다 싶었다. 이 부분에서 지리적 계산이 철저하지 못했던 나는 숙소 구하기에서 약간 삐끗했다. 인포메이션 직원의 추천에 덜컥 집값이 다소 비싼 '소피 샤를로텐부르크'라는 동네에 숙소를 정해버린 것이다. 물론 한 달 동안 별 탈 없이 동네를 깨알같이 활용한 덕에 후회는 없다. 게다가 좀 지내다보니 클럽이 몰려 있는 거리보다는 주택이 한적하게 늘어서 있는 소피 샤를로텐부르크가 내게는 좀더 맞는 것 같았다. 일단 베를린은 늦게까지 지하철이 운영되니 어느 곳이나 자유롭게 오갈 수 있고, 숙소 앞에 큰 공원과 대형 슈퍼마켓도 있었다. 동네 아저씨들이 즐겨 찾는 펍과 카페도 골목골목 많았는데, 어찌나 맥주 인심이 좋은지 놀라웠다. 단골집이 된 작은 펍의 맥주잔 채우기 방법은 이렇다. 꽉꽉 눌러 담기. 일단 가득 따른 맥주잔을 가지고 가려 하자 내 손을 저지한 주인은 거품이 가라앉기를 기다려 다시 한번, 그것도 성에 안 찼는지 또 한번 거품이 가라앉길 기다려 맥주를 세 번쯤 채워넣은 다음에야 잔을 건넸다. 이곳에서 한 블록만 가면 터키인이 거주하는 동네가 있는데, 석쇠에서 도우를 구운 피자와 케밥을 파는 터키 식당 역시 단골집이었다. 외출할 때도 그 집 피자를 포장해갔으니, 너무 자주 가서 외려 민망할 지경이었다.

사실 베를린에서 감각적 패션을 소비하는 사람은 거의 외지인이었다. 청바지와 티셔츠를 입은 베를린 청년의 패션은 좋게 말해 투박했고, 이웃나라인 네덜란드와는 비교가 안 될 정도로 촌스러웠다. 길을 지나는 사람은 굳이 필요 이상의 친절을 베풀지 않았지만, 그렇다고 도움의 손길에 무관심하지도 않을 만큼의 친절을 베풀었다. 관광비즈니스라는 메커니즘이 아닌, 여행자가 상대적으로 많지 않은 도시에서 가끔 느끼는 성질의 친절이라 매번 기분이 좋았다. 가끔 이해 못할 서비스 시스템도 작동했다. 이를테면 이런 것. 밥을 해먹을 요량으로 냄비를 사러 갔는데, 실수로 냄비 뚜껑을 깨뜨린 거다. 카운터로 가져가 이실직고하고 물건값을 지불하려 하자, 점원이 이내 만류한다. "이 물건을 사려고 한 겁니까?"라고 묻기에 그렇다고 답했더니, 갑자기 창고로 가서 똑같은 물건을 가져온다. 내가 깨먹었는데 따로 변상을 하지 않아도 되는 희한한 서비스 시스템이다.

좀 별개의 문제일 수 있지만 '독일인의 친절'이라면, 파리에 사는 독일인 도미니크에게 받은 적이 있다. 숙소 사기를 당해 오갈 데 없는 상황에서 기꺼이 조건 없이 집을 내어주었던 것이다. 고맙다는 인사를 전하며 독일인은 정말 하나같이 친절하다고 말하자, 그가 들려준 이야기는 다분히 인상적이었다. "독일인은 어릴 때부터 학교에서 전범국의 국민이라는 역사적 과오를 철저하게 배운다. 어릴 때부터 그

런 교육을 받아온 독일인은 은연중에 매사 상대방에게 친절해진다"고
말했다.

투박한 매너가 하나씩 와닿으면서 이 도시에 정이 들기 시작했다.
그럴수록 오래된 도시 베를린의 모습이 궁금해졌다. 며칠간 베를린
중심가를 섭렵한 나는 베를린에서도 좀 오래된 곳들로 하루 여행 코
스를 넓혀가기 시작했다. 마침 베를린에는 독일에서 가장 오래된 동
물원과 식물원이 있다. 티어가르텐에 있는 베를린 동물원은 1844년
에 오픈한 곳으로 지금도 베를린 시민의 주말 나들이 장소로 각광받고
있다. 화려한 놀이 시설이라곤 없어서 어릴 적 동물원과 비슷해 보였
다. 규모가 상당했는데, 나중에 들으니 서울대공원의 4배 규모라고 했
다. 덕분에 뜨거운 한낮 동물원을 돌아다니며 진을 다 빼야 했다. 동심
에 들떠 들어갔는데 나올 땐 아이들 20명을 지도한 유치원 교사의 몸
상태가 되어 나왔다. 관람객은 아랑곳없는 동물 중심의 동물원. 동물
원의 주인인 동물에게 이 정도 공간은 줄 테니, 그들을 만날 생각이 있
다면 너희 인간도 이 정도 수고는 하라고 말하는 듯했다. 문득 몇 년 전
우리가 갑갑해 뛰쳐나와 뉴스에 등장했던 능동 어린이대공원의 코끼
리가 생각났다. 새삼 그 코끼리는 어떻게 됐을까 궁금해진다.
오랜 역사를 자랑하는 달렘 식물원에도 들렀다. 슈테글리쯔-쳴

렌도르프 자치구 근처 달렘에 위치한 이곳은 베를린 최초의 식물원이다. 대형 온실인 그레이트 파빌리온이 있는 곳으로 세계 3대 식물원으로 정평이 나 있다. 마침 결혼식이 열렸는데, 평범하고 조용하고 소박하며 행복한 결혼식이었다. 100년 역사의 이곳에서 식물이 뿌리를 내리고 자라는 동안 베를린 사람의 생활도 함께 숨쉬고 있다 싶어 푸근한 마음이 들었다. 오래된 공간을 찾아 나선 여정의 발로로 이후 한번은 지도를 보고 멀리 떨어진 동네를 찾아 나서는 데 집중했다. 영화 〈칼리가리 박사의 밀실〉에 나온 동네는 중심부에서 하도 떨어진 한적한 동네라, 베를린 중심가의 친절함과는 또다른 느낌을 풍겼다. 여행객이 별로 없는 이곳에선 동양인인 내가 오히려 주민들의 시선을 받아야 했다. 힙한 곳은 체에 걸러내고 남은 베를린의 오래된 곳으로의 산책은 이렇게 내 여행을 수식할 좋은 재료로 남았다.

일본 도쿄 세컨드핸드숍

가장 보통의 동네

일본 치바 현 마츠도 시 히노쿠치, 동경예술대학에서 유학중이던 친구 일림이가 살던 집. 작은 부엌, 작은 방, 작은 욕실, 작은 화장실. 몸을 웅크리고 들어갈 수 있는 작은 욕조에 순간온수기에서 나오는 물을 받아 목욕을 하고서는 찬 바닥을 살짝 밟고 작은 전기장판 위로 올라서는 급박한 동선. 영화 〈카페 뤼미에르〉에서 혼자 도쿄에서 살아가는 여주인공 요코가 금방이라도 걸어 나올 것 같은 비좁은 공간이다. "가끔 집이 흔들리기도 해. (웃음) 나는 오래 살아서 그런지 이 집이 작은지 감이 안 와. 어찌됐든 '단칸방'에 온 걸 환영해." 이곳보다 더 작은 기숙사 생활을 끝내고 벌써 2년째 살고 있는 그녀. 작은 공간을 요모조모 활용한 이 전형적인 일본의 가옥은 신기하게도 없는 거 없이 있을 건 다 있는 요술 공간이다. 일림의 허락을 받고 염치없게도 한 달간 이 공간을 나눠 쓰기로 했다.

히노쿠치는 우리나라로 따지면 서울에서 일산 정도에 위치한 지역으로 도쿄 도심에 비하면 상대적으로 집값이 싼 편이다. 우에노 역에서 죠반센으로 갈아타고 20여 분, 지하철역에 내려서도 작은 강변을 두 개 지나 20여 분을 걸어야 도착하니 좀 불편하지만, 내 친구처럼 집값의 압박을 겪는 직장인이나 학생들이 많이 사는 곳이다. 내가 제법 여행객의 마음을 가졌던 첫 주는 먼 길을 나서는 행동도 서슴지 않았지만, 일주일이 지나자 그것도 귀찮아져 집 근처를 어슬렁거리는 제법 주민 같은 일상을 택했다. '지금 나가면 너무 늦겠는걸. 그냥 동네에서 차나 마시며 책이나 볼까.' 슬슬 이런 마음이 들기 시작한 거다. 결국 도쿄에 한 달을 있으면서 새벽에 연다는 이유로 쓰키지 어시장도 가지 못하는, 그런 게으른 일상으로 뚜벅뚜벅 걸어들어갔다.

동네는 간소했다. 가장 번화한 곳엔 커다란 마켓과 헌책방 북오프, 그리고 연세 지긋한 노인이 모이는 다방 분위기의 커피숍이 자리했다. 한편에는 채소 가게가 있었는데, 저녁 즈음이 되면 장을 보러 온 마을 사람들로 북적였다. 상점 이름이 '야쓰이 야쓰이싸요 싸'라서 더 인기가 좋은 것 같았다. 개천을 따라 버드나무가 늘어선 거리에는 선술집이 있어 운치를 더했다. 노렌일본식 미니 커튼을 열고 들어가면 드라마 〈심야식당〉의 풍경이 펼쳐질 것 같은 분위기의 술집이다. 시부야같이 복작대는 버라이어티함도, 일본인이 가장 살고 싶어한다는 지유가오카 같은 세련미도 없는 동네. 가장 보통의 동네에서 가장 하릴없는 일과를 보내느라 그해 봄, 나는 '바빴다'. 매일 텔레비전을 보았고 혼자서 돌아다니다보니 그즈음은 괜히 잘하지 못하는 일본어도 들리는 듯한 착각에 빠졌고, 언젠가 일본어를 마스터하면 보겠다는 요량으로 서점에서 구매하는 책의 수도 점점 늘어갔다.

논문 준비로 바쁜 친구는 매일 새벽녘이면 어스름빛과 함께 책 한 보따리를 등에 지고 집을 나섰다. 잠들면 기척이라고는 모르는 나는 대낮까지 늘어져 자다가 일림이 차려놓고 간 현미밥과 밑반찬을 먹고 집을 나섰다. 정해놓은 곳도 없고 만날 사람도 없으니 서두르는 것도 이상했다. 좀 지나자 나름의 단골집도 생겼다. 그중 일과처럼 들르는 곳이 있었는데 집 근처에 있는 세컨드핸드숍이었다. 가게는 한두 평 정도 크기. 처음엔 무심코 지나쳤는데 며칠을 다니다보니 그곳이 생활용품부터 의류, 가방 등 각종 잡동사니를 파는 세컨드핸드숍이라는 걸 알게 됐다. 새로 들어온 물건을 풀어놓고, 기존 물건의 위치를 재배열하는 것으로 상점의 하루가 시작된다. 가게 초입, 박스에 담긴 물건은 특별 세일 품목이었는데, 떨이로 파는 물건이 그야말로 제대로 '물건'이었다. 도대체 어디서 이렇게 제품을 한 박스나 가져왔을까 싶

은데, 한 박스 통째로 동화 캐릭터 '무민'의 리틀미이 인형인 적이 있었다. 상자 가득 담긴 이렇게 똑같은 리틀미이 인형을 비교해보고 고르는 정성이 신기해 보였는지 주인아주머니가 일어로 열심히 설명을 해주신다. 나는 알아듣지 못하는 게 확실한데, 아주머니는 내가 이해하지 못한다는 걸 크게 개의치 않는 듯했다. 설명은 계속됐고, 나는 그렇게 매일 물건을 사는 그 집의 VIP 고객이 됐다. '오하이요' 인사를 나누고, 그날 입고된 새 제품을 꼼꼼하게 확인하는 과정. 그사이 캐릭터가 그려진 티셔츠를 샀고, 철제 깡통을 샀으며, 오래된 잡지를 하나둘 사들인 결과 한 달이 지난 다음에는 한국에서 가져온 캐리어에 넣기에는 턱없이 많은 짐이 쌓였다. 과소비가 가능했던 건 이래도 되나 싶을 정도로 가격이 쌌기 때문이었다. 50엔부터 시작해서 200엔짜리 물건도 많았고, 천 엔이 넘어가는 건 별로 없었다.

일림에게 그곳이 어떤 곳이냐 물어보니 "거기가 그런 집이었어?" 하고 되묻는다. 매일 상점이 문을 열지 않을 때 집을 나서고 문이 닫히고서야 들어오니 정체를 몰랐다고 한다. 그녀의 말에 따르면 일본에는 동네마다 중고 물건을 파는 세컨드핸드숍이 많다고 했다. 워낙 절약 정신이 몸에 밴 탓에 웬만한 물건은 버리지 않기 때문인데, 한편으로는 이렇게 재활용 물건의 거래가 너무 많아서 '아베노믹스' 시대에

경제가 활성화되지 않는다는 비판도 생겼다.

　어쨌든 나는 들고 갔던 엔화를 탈탈 털어서 쓰고, 늘어난 짐을 이고 지고 그렇게 서울로 돌아왔다. 일어는 아직 마스터하지 못했고, 일림은 그후 공부를 마치고 한국으로 돌아왔다. 그때 50엔을 주고 사와 냉장고에 붙여둔 냉장고 자석을 보더니 언니가 글씨를 읽어나간다. "과민성대장증후군 정보 사이트" 귀여운 캐릭터가 그려진 냉장고 자석의 정체는 병원 판촉물이었다. "넌 정말 이젠 하다 하다 별걸 다 사오는구나." 만약 세컨드핸드숍이 없었다면 일본 경제는 지금보다 활성화됐을까? 그냥 저 우스꽝스러운 냉장고 자석은 용도 폐기되는 선에서 그치지 않았을까. 다시 도쿄에 가겠지만, 히노쿠치에 갈 일은 없겠지 생각하니, 매일매일의 산책길, 그리고 인사를 나누었던 세컨드핸드숍 주인아주머니가 문득 궁금해진다. 오늘 입고된 상점의 따끈따끈한 '중고 신상'은 무엇일까? 박스 안에 분류된 떨이 제품을 꼼꼼히 체크해보고 싶다.

일본 다카야마

정겨운 주점이 있는 동네 사랑방

일본의 미를 상징하는 단 하나의 지방을 꼽으라면 단연 교토다. 제2차 세계대전 당시 천 년의 도시 교토의 아름다움에 반한 미국 전쟁부 장관이 교토를 원폭 투하 대상에서 제외시켰을 정도다. 기후 현의 다카야마는 이런 단아하고 정적인 교토의 아름다움을 꼭 빼닮아 '리틀 교토'로 불린다. 일본 전통의 모습을 그대로 간직한 이곳을 일본인은 마음의 고향으로 여긴다고 한다.

나고야에서 버스를 타고 2시간 30분. 작은 마을 다카야마에 도착한다. 정갈하고 고즈넉한 마을 분위기를 느끼며 료칸에서 몸을 쉴 수 있는 곳. 일본 전통 마을인 시라카와코를 여행할 때도 이곳을 거쳐 가게 마련이다. 다카야마에서는 마을의 정취를 담은 숙소가 하나같이 마음에 들었다. 각종 골동품을 모두 모아서 숙소의 로비부터 복도까

지 장식한 료칸은 박물관을 방불케 했다. 앤티크 찻장에 전시한 각종 도기 인형부터 옛날 풍금 하나하나가 주인의 수집벽이나 안목을 고스란히 말해주는 곳이었다. 로비의 오래된 소파에 앉아 있으니 갑자기 시대를 거슬러올라간 느낌이 든다.

또 하루는 소박한 분위기의 료칸에 머물렀는데, 2층 방 창문을 열면 선선한 바람 사이로 멀리 떨어진 산이 한눈에 들어오는 멋진 방이었다. 다다미방에 이불을 세 채는 쌓아올린 듯한 높은 요 위에 올라가 또 그만큼 높이의 이불을 덮으면 잠잘 준비가 끝난다. 무게가 상당해서 이불을 완전히 젖히고 들어가는 것보다는 이불 사이로 몸을 밀어넣어 쏙 들어가는 게 바른 순서다. 하얀 광목 이불 사이에 끼인 내가 햄버거 패티가 된 것 같다. 새털같이 가벼운 호텔식 거위 털 이불도 좋지만, 이렇게 압사당할 것 같은 묵직하고 안정된 느낌을 맛보는 것도 괜찮다. 꼭 엄마가 시집올 때 해온 목화솜 이불을 덮는 기분이 든다.

시내에는 다카야마 쇼와칸昭和館이라고 일본 쇼와 시대(1926~1989년)의 거리를 재연해놓은 동네가 있다. 이곳에서는 1950~1960년대 영화관이나 이발소, 상점의 모습을 체험해볼 수 있다. 큐슈의 유후인由布院이 잘 조성된 테마파크 같아서 좀 감흥이 없었다면, 쇼와칸은 나름대로 도로와 접해 있어서 꽤 리얼한 기분이 든다. 부러 연출을 한 건 아닐

텐데 토요타 사의 유광 처리된 자동차가 경적을 울리며 지나가고, 자전거를 탄 아저씨 옆으로 원피스에 양산을 쓴 일본 여성이 걸어오는 광경을 보고 있노라니 나쓰메 소세키의 책 속으로 들어간 듯한 야릇한 느낌마저 든다. 도자기나 소품을 잔뜩 모아놓고 파는 벼룩시장도 마을 어귀에서 열리고 있었는데, 한참 동안 마을의 정갈함을 느끼다보면 반나절이 금방이다.

동네의 작은 레스토랑에 들어간 건, 그 잔잔한 풍경 속을 느릿느릿 걷다가 숙소로 가려던 참이었다. 그냥 지나칠 법도 했는데, 가게에서 흘러나오는 라이브 음악에 궁금증이 일었다. 빼꼼 문을 열었더니 정말이지, 무대가 마련되어 있고 공연이 한창이다. 머뭇머뭇하고 있으니, 바에 있던 가게 주인이 "그러지 말고 들어오세요"라며 문 앞까지 나와 맞이해준다. 여러 사람이 자리를 나누어 앉은 중앙의 큰 테이블에 자리를 잡고 앉았다. 공연을 시작한 지 좀 되었는지 이내 다음 팀이 등장한다. 젊은 여성 두 명과 중년의 남성들로 구성된 밴드였는데, 남자 보컬이 노래를 부르고 빠지자 여성 보컬이 바통을 이어받아 노래를 불렀다. 하와이안 셔츠에 꽃다발까지 목에 건 밴드의 레퍼토리는 1980년대 올드 팝이다.

테이블에 놓인 음식 메뉴는 들쑥날쑥하다. 어떤 테이블에서는 본격적으로 저녁식사를 하고 있고, 또다른 테이블에서는 맥주를 마시고

있다. 같은 테이블 맞은편의 할머니들은 이 분위기에서 차를 두 잔 시키고 나란히 앉아 있다. 가게 주인들도 바에서 나와 음식을 주고는 선 자리에서 함께 몸을 들썩인다. 그대로 일본 영화나 드라마 속 동네 풍경으로 옮겨가도 무리가 없을 것 같다. 간주 사이로 할머니들은 외국인과의 대화를 시도한다. 집이 바로 근처라 친구랑 자주 이곳에 들른다는 할머니는 다카야마에서 나고 자란 토박이. 할머니는 갑자기 "여기 한 잔 더 주세요"라며 내 맥주를 주문해주신다. 손사래를 쳐도 소용없다. 그저 괜찮다고만 하신다.

늦여름 어느 밤, 무대 위 분위기는 무르익어갔다. 같이 여행을 온 엄마가 생일인 사람에게 케이크 모양의 모자를 씌워주는 이벤트에 당첨되어 무대로 불려나갔다. 평소라면 절대 그런 노래를 따라 부르는 일이 없는 나도 흥겨운 리듬에 빠져들었다. 정말이지 모든 걸 내려놓고 즐겼던 시간이었다. 공연이 끝나고 나는 밴드에게 함께 사진을 찍어달라고 요청했는데, 결국 가게에 있던 모든 손님이 함께 문 앞으로 나와 기념 촬영에 동참하게 됐다. 내게도 그들에게도 그때의 시간은 하나의 의미로 남게 됐다. 함께한 시간은 불과 한두 시간 남짓이었는데 우리는 모두 3박 4일 투어를 같이한 친구들처럼 아쉽고 진한 작별인사를 나누었다. 할머니들이 떠나기 전 포옹을 요청한다. "남은 여행도 잘해요"라고 등을 토닥여주시고 나서야 마침내 품에서 놓아주신다. 예정에도 없었는데 거리의 작은 레스토랑에서 함께 노래를 부르며 많이 웃다가 결국엔 코끝이 짠해지는 훈훈한 코스를 선물로 얻었다. 가게에서 만든 공연 전단지를 한 장 접어서 가방에 잘 챙겨넣었다. 그날 밤, 숙소의 무거운 이불을 끌어올리고 편안한 기분에 휩싸였다. 간직해야 할 기억이 이렇게 또하나 생겼다.

체코 체스키크롬로프

북적이던 관광객이 떠난 자리

한번은 캐나다 친구에게 "방콕에 가니 외국인이 너무 많아 번잡스러워"라는 말을 했다가 "그러는 너도 외국인이잖아"라는 말을 되돌려 받아야 했다. 중세의 흔적을 고스란히 간직한 체코의 동화 마을 체스키크롬로프Cesky Krumlov, 나 역시 북적대는 관광객이 되어 그 땅을 밟았다. 이러니저러니 감흥을 이야기해봤자, 반나절 만에 이 도시에 싫증이 났다는 것이 가장 솔직한 표현일 것이다. 기념품 가게에 전시된 인형극용 목각 인형은 다 똑같아 보였고, 관광객들은 애 어른 할 것 없이 차고 넘쳐났다.

여행은 자기와의 대화라고 한다. 이방인으로서의 외로움을 느끼고 일상의 소중함을 다시 깨닫고 돌아오는 그런 사색의 과정. 사실 나는 자기와의 대화는 집에서 시간 날 때 충분히 하고, 여행을 할 때는 하나라도 더 보고 더 즐기고 더 발품 팔아서 물건을 사는 편이라 그 문구에 혹하지는 않지만. 그럼에도 도시 전체가 유네스코문화유산으로 지정된 거대한 관광지이자 박물관과 기념품 가게, 숙박업소로만 채워져 있는 곳에서라면 괜히 고독한 여행자 행색이 절실히 그리워진다. 자칫 잘못하다가는 상술에 낚여 호구가 되기 십상이니 이럴 땐 빨리, 이 도시를 훑고 떠나는 게 상책일지도 모른다.

비슷한 경험을 동유럽의 진주 아드리아 해가 펼쳐진 중세 도시 두브로니크에서 한 적이 있다. 끝없이 펼쳐진 붉은 지붕과 푸른 바다의 감흥을 몰려든 관광객의 인파가 희석시키고 있었다. 그곳은 동유럽 최대의 관광지로, 물가는 천정부지로 솟아 있었고, 현지인이라고는 관광업 종사자밖에 없어 보였다. 그런 모양새를 보니 빨리 그곳을 떠나고 싶었다. 3일을 두브로니크에서 지내다 결국 이탈리아로 도피했다. 밀라노에 도착해 대화를 나누게 된 한 고서점 주인은 설레설레 고개를 흔들며 이렇게 말했다. "두브로니크는 많이 망가졌어. 하루에 해안으로 가는 유람선이 얼만 줄 알아? 몇 만 명의 승객이 유람선에서 내려서 밀물처럼 도시를 점령하고 반나절 만에 빠져나간다고."

다시 체스키크롬로프. 작은 게스트하우스를 얻고 짐을 풀고, 블타바 강변에 있는 레스토랑에 앉아 와인 한 잔과 송어 찜을 시켜 먹었다.

급한 물살에 카약을 타며 소리를 지르는 사람들을 바라보고 있으니, 문득 중세 때부터 이렇게 똑같이 흘렀을 물의 역사가 굽이쳐왔다. 점심을 먹고 난 후엔, 마을 꼭대기에 위치한 성 위로 올라갔다. 말발굽 모양으로 굽이돌아 흐르는 강을 따라 마을 전체가 붉은 지붕 일색이다. 이 정도면 중세를 그대로 캡처해온 수준이 아닐까? 어릴 적 동화책 전집에서 봤던 동화 마을의 삽화는 그러니까 작가의 표현력이 대단히 뛰어나서가 아니라, 그냥 이 모양을 그대로 옮긴 것이었구나 싶은 풍광.

체스키크룸로프에서의 하루도 지나고 이 도시에도 밤이 찾아왔다. 당일 코스로 이곳을 찾아온 이들이 모두 빠져나가고 난 뒤의 시간. 다행스럽게 그제서야 낮에는 몰랐던 이곳의 정취가 말을 걸어오기 시작했다. 무수한 사람이 오고간 돌바닥이 반질반질, 불빛을 받으며 반짝거리기 시작했고, 그 흥에 취해서인지 난 그날 이후로도 며칠을 더 체스키크룸로프에 머물렀다. 내 여행에는 특별히 정해진 일정이 없어 일정이란 녀석은 고무줄처럼 늘어났다 줄어들었다를 반복한다. 그러니 이곳에 더 머무르게 된 것도 사실 그리 놀랄 일은 아니다.

그 머무름 덕분에 체스키크룸로프를 설명하는 주요 요소인 체스키크룸로프 성, 피카소 박물관, 수제 인형, 아이스크림 집을 대신하여 그곳을 기억하게 해줄 다른 요소를 접할 기회가 주어졌다. 한동안은

작은 집과 돌길로 이루어진 마을의 복잡한 길 때문에 동화 『헨젤과 그레텔』에서처럼 빵부스러기라도 남기고 싶은 기분이 들었다. 나 같은 길치의 여행은 가려는 목적지에서 늘 비껴나가니 자꾸 오던 길을 되새기고, 한번 본 걸 또 눈여겨볼 수밖에 없게 된다. 길을 헤매다 금쪽같은 시간을 낭비하지만, 그래도 길치 여행자는 디테일에 조금 더 강해질 수 있는 강점이 있다는 점이 작은 위안이랄까. 동유럽에서는 집집마다 창문에 레이스 커튼을 걸어둔 것을 볼 수 있었는데, 그것은 여름 낮의 햇빛과 만나서야 비로소 찬란한 모양을 뽐낼 수 있는 숙명을 갖고 있었다. 그런 빛과 레이스를 볼 때마다 자리에서 멈추어 서기를 반복해야 했다. 햇빛과 레이스의 이중주를 담아내느라 카메라 셔터가 한동안 바빠졌다.

조금은 무료했던 체스키크롬로프 여행의 하이라이트는 버스터미널이었다. 다음 여정을 위해 미리 버스 티켓을 사러 가서는, 그만 떠나야 하는 그곳에 반해버린 것이다. 버스터미널은 거의 체코의 끝이라 오스트리아 국경과도 가까웠고, 체스키크롬로프와 체코 각지를 연결하는 버스가 이곳에서 출발했다. 한낮, 낡은 버스터미널 건물과 네온이 없는 1980년대풍의 '체스키크롬로프' 간판. 때마침 줄 맞춰 서 있는 구식 버스 뒤로 노파의 등장, 원피스를 차려입고 낡은 가죽 핸드백을 든 노파가 느리게 풍경 안을 거닐었다. 모든 것이 내게 하나의 장면이 되어 말을 걸었다. 체스키크롬로프 성에서 보낸 시간과 버스터미널에서 보낸 시간을 비교하면 아마 버스터미널에서 아무 일 없이 보냈던 짧은 시간이 더 길고 깊었을 것이다. 체스키크롬로프에 다시 간다면, 버스터미널은 꼭 다시 가고 싶다. 그냥 그렇게, 유명 관광 명소에 가려진 도시의 흔적을 조금이라도 챙겨 나오고 싶다.

2장

빈티지,
시간을 거슬러 오르다

일본 야마구치 현 이와쿠니 시 '긴타이 교'

타임워프가 일어나는 목조 다리

여행 책자가 너덜너덜해질 때까지 루트를 연구하는 스타일의 사람과 함께 여행을 가면 즐거울까? 솔직히 마냥 좋은 파트너는 아니지 싶다. 내가 이런 사람을 좀 잘 안다. 언니는 비행기 티켓을 구매하는 순간부터 몸은 집 소파에 있지만 정신은 이미 유체이탈 수준으로 여행지에 가 있는 사람이다. 여행이 닥쳐서야 대책 없이 짐만 들고 나서는 나와는 시작부터 다른 여행자.

　　언니와 함께 히로시마를 여행했을 때는 스타일 차이로 긴장이 극에 달했다. 미리 정보를 입수해둔 언니가 "다리에 가자"라고 제안을 해왔기 때문이다. 이미 떠나기 전부터 히로시마 전문가가 된 언니의 설명에 따르면 야마구치 현 이와쿠니 시에 있는 아치형 목조 다리 '긴타이 교錦帯橋'는 나가사키 현 메가네바시, 도쿄 도 니혼바시와 함께

일본의 3대 명교로 통하는 명물이자, 이번 여행에서 꼭 가야 할 곳이
라는 것. 나는 달랐다. 전날 꼬박 밤을 새운 마감 노동자의 지친 몸으
로 곧바로 공항에 왔고, 비몽사몽한 상태는 하루가 지나도 풀리지 않
았다. 급기야 히로시마 거리를 한눈에 볼 수 있는 노면전차에서도 졸
다가 창문에 고개를 쿵 하고 몇 번 고개를 부딪쳤다. 그런데 다리! 다
리! 다리! 그깟 다리는 뭐하러 본다고!

가지 않겠노라 선언하고서도 마지못해 따라나선 참이었다. 긴타
이 교는 그 시큰둥함의 절정에서 만난 내 생애 가장 멋진 다리였다. 다
섯 개 아치로 이루어진 목조 다리 양옆으로 유유하게 강변이 펼쳐지
는데, 한 발 한 발 내디딤으로써 감히 일본의 풍속화 우키요에 浮世繪
속으로 걸어들어가는 기분이 들었다. '왜 조금 더 일찍 서두르지 않았
을까'라는 마음이 들자 유연석처럼 여행을 준비한 언니에게 미안한
마음이 들었고, 싸했던 분위기에 일순 화해의 분위기가 조성되며 없
던 자매애가 돈독해졌다.
　　발판과 손잡이 부분이 모두 목조로 만들어진 긴타이 교는 길이
199.3미터, 폭 5미터의 위용을 자랑하는 거대한 다리다. 1673년 최초
건설된 이래 홍수에 유실되어 재건되고, 1950년 다시 태풍에 무너져
1953년에 재건된 것이 현재의 모습으로 남아 있다. 아름다운 곡선의

형태를 만든 것은 명나라 문화에 관심이 있던 당시 가가와 가문의 영주였다. 『서호유람지』에 실려 있던 그림 속 돌다리를 보고 힌트를 얻은 모양으로, 무지개 모양의 굴곡은 사람의 눈을 가장 편하게 해주는 곡선이라고 한다. 사실 다리가 이런 모양으로 만들어진 건 실용적인 이유가 크다. 홍수가 워낙 많이 나는 지역이라 아치형을 여럿 잇고, 그 사이에는 돌을 쌓아 만든 것이다. 못을 하나도 쓰지 않고 목조를 끼워 맞춰서 만든 기교한 긴타이 교의 공법은 재건에 착수한 기술자들이 현대 기술에 비추어봐도 전혀 손색없는 기술력이라 인정했을 정도라고 한다. 긴타이 교가 일본의 3대 '기교奇矯' 중 하나인 이유다.

히로시마에서 JR을 타고 이와쿠니 역까지 45분 정도, 역에서 내려서 서쪽 입구로 가면 긴타이 교까지 갈 수 있는 버스가 있다. 버스를 타고 다시 20분 정도가 걸린다. 버스정류장에 내렸는데, 만화 『시마과장』의 작가 히로카네 켄시의 그림이 그려진 버스가 휙 눈앞을 지나간다. 그가 태어난 고장이 바로 이와쿠니 시라고 한다. 덕분에 도시 곳곳에는 켄시를 기념하는 그림과 기념품이 즐비하다. 만화 강국 일본의 작가 예우가 어느 정도인지 실감나게 해주는 대목이다. 마침 타이밍이 좋아서 축제 기간에 이와쿠니 시에 도착했는데, 기모노를 입고 게이샤 분장을 한 서양인 한 무리가 다리를 오르고 있었다. 호기심

이 동해 한 소녀에게 묻자, "축제 프로그램으로 이렇게 전통 복장을 체험해볼 수 있다"며 내게도 권해준다. 말이 끝나기가 무섭게 맞은편에서 인력거를 탄 신부와 신랑이 건너온다. 결혼식 기념 촬영을 하러 긴타이 교를 찾아온 커플이다.

신기한 점은 긴타이 교를 사이에 두고 다리 양쪽의 시대가 확연히 달라진다는 것이다. 긴타이 교가 그 자체로 타임워프 기능을 장착한 것 같다. 한쪽은 조약돌이 깔린 강변으로 나들이객이 즐비하다. 기타를 들고 노래를 하는 한무리의 사람들, 아이들을 데리고 나온 부부, 도시락을 싸온 젊은 커플도 보인다. 어슬렁거리는 고양이에게 커플이 싸온 음식을 나눠주는데, 그 모습이 예쁘다. 1970년대 복고 정취를 눈에 담으며 다리를 건너가면 분위기가 또 확연히 달라진다. 기모노를 입은 여인의 종종걸음과 함께 벽을 따라가다보면 그대로 에도 시대 풍경으로 들어선다. 목조 건물 사이로 이와쿠니 영주의 저택이 있던 깃코 공원과 향토 민속 자료관도 있다. 로프웨이를 타면 산 정상에 위치한 이와쿠니 성까지 갈 수 있다.

다시 다리를 건너 현실로 돌아가려니 아까울 지경이었지만, 출출하기도 하고 이곳의 전통음식을 먹으며 긴타이 교에서의 마지막 화룡점정을 삼으면 좋을 듯했다. 그런데 웬걸. 과거의 풍광을 그대로 간직한 이곳은 편의에 있어서도 매우 과거지향적인 곳이었다. 식당 어느 곳에서도 신용카드를 받아주지 않았다. 300년 된 장어 요릿집이 눈앞에 있는데 문전박대를 당하다니. 상황은 어느 식당을 가도 똑같았다. "아마 어디를 가도 마찬가지일 거야"라는 식당 주인의 매정한 대답만이 돌아올 뿐. 일본이 신용카드 사용에 워낙 보수적인 건 알았지만, 이와쿠니에는 카드라는 것이 애초에 존재하지도 않았다고 느껴질 정도의 완강한 태도였다. 타임워프 다리를 경험한 대가로 나는 결국 배가 고파 꼬르륵꼬르륵 소리가 나는데도 음식을 먹지 못하는 불쌍한 신세로 전락했다. 압도적인 다리의 이미지를 눈에 꾹꾹 새기며, 그렇게 허기진 상태로 '현재'의 히로시마 거리로 돌아왔다. 과거 여행을 하자면, 화폐 역시 현금을 챙깁시다!

타이완 지우펀

슬픔을 간직한 역사의 도시

한번은 허우 샤오시엔 감독과 여러 차례 호흡을 맞춘 촬영감독 마크
리 핑빙을 인터뷰할 기회가 있었다. 평소 허우 샤오시엔 감독의 작업
스타일은 어떠냐고 묻자, 그는 아주 재밌다는 듯 이야기를 꺼내놓았
다. "아침에 촬영장에 오면 다른 스태프는 빼고 나와 단둘이 촬영장 안
으로 들어가요." 단둘이 무슨 대단한 모의라도 하는가 싶었더니, 그게
아니란다. 그저 촬영장에 있는 테이블을 닦는 그런 소일을 하는 게 전
부라고 한다. 이 단순한 동작을 통해서 허우 샤오시엔 감독은 그곳의
기운을 불러오는 것 같다고 했다. 그리고 그곳에서 느낀 감흥들로 만
든 '즉석 콘티'를 건넨다고도 했다. "허우 샤오시엔 감독과의 촬영은
늘 긴장의 연속이었어요. 어떤 촬영을 하게 될지 감을 잡을 수가 없으
니까요." 허우 샤오시엔에게 촬영지는 단순히 장소가 아닌, 작품을 구

상하고 담아낼 가장 중요한 감정의 그릇이었다. 타이완에서 나고 자라 그 풍광 속에 타이완 사람의 삶을 기록한 감독 허우 샤오시엔. 그에게 영화를 촬영할 장소란 그토록 중요한 곳이었다. 문득 그의 카메라를 따라가보고 싶은 욕심이 생겼다. 타이완에 가야 했다. 허우 샤오시엔이 그렸던 타이완의 풍경, 그 흔적을 조금이라도 찾아보고자 그렇게 타이완으로 향했다.

이 여행의 목적지로 허우 샤오시엔 감독의 대표작 〈비정성시〉의 촬영지를 택했다. 영화는 수도인 타이베이 근교 마을 '지우펀九份'에서 촬영됐다. 주 무대가 된 지우펀에서 그는 어떤 감흥을 전달받았을까. 영화 〈비정성시〉는 1945년 일제 치하 해방 이후 국민당 정부의 정착까지, 타이완의 평범한 가족이 겪는 아픔을 통해 타이완 질곡의 현대

사를 그린 작품이다. 식당을 하는 임아록에게는 네 명의 아들이 있다.
정치 · 사회적 격변 속에 네 아들은 실종되고, 죽고, 미쳐간다. 이 아픈
역사는 양조위가 연기하는 청각장애인 막내아들 문청의 눈으로, 그의
아내 관미의 내레이션으로 차분히 기록된다. 지우펀은 바로 문청이
일하던 사진관이 있던 곳이다. 암울한 시대를 대변하듯 내내 흐렸던
지우펀의 하늘, 가파르게 이어지는 좁은 계단, 그리고 그 끝에 이 모든
아픔과 무관한 듯 펼쳐져 있던 바다. 영화 속 지우펀 풍경은 너무도 아
름다웠고 그래서 잔인했다.

    지우펀을 찾아가는 법은 어렵지 않다. 타이베이에서 교외선을
타고 한 시간 남짓 거리에 있는 루이팡 역에서 하차한다. 그 짧은 이

동으로도 거리는 도심의 혼잡을 말끔히 벗고 자연의 충만함을 내어준다. 산 중턱에 위치한 지우펀까지 가려면 루이팡 역 앞에서 버스를 타야 한다. 바다를 낀 구불구불한 산길. 눈앞에 펼쳐진 진풍경에 탄성이 앞선다. 문청의 아내 관미가 처음 이곳에 와 "이런 아름다운 경치를 자주 보게 돼서 좋았다"고 말하던 것이 새삼 떠오른다. 길의 초입은 고풍스러운 상점 거리 '지산제基山街'다. 타이완 대표 먹거리인 '썩은 두부臭豆腐' 냄새를 맡으며 좁은 골목을 따라가면 〈비정성시〉의 가파른 계단 길 '수치루竪崎路'를 만난다. 영화 속 젊은 지식인이 매일 저녁 모여 시대를 탄식했던 곳, 홍등 아래 선술집이 늘어서 있던 '슬픔을 간직한 도시'는 지금 대부분 관광객을 위한 전통 찻집과 기념품 가게로 바뀌었다.

계단 중턱, 〈비정성시〉 촬영지로 소개된 찻집 '아메이차지우관阿妹茶酒館'에 들러 자리를 잡았다. 바다가 보이는 창가, 이쯤이었으리라. 잔뜩 구부린 채 필름의 흠집을 수정하던 문청이 떠오른다. 느리고 꼼꼼하던 그의 손동작. 문청은 그렇게라도 아픈 현실을 수정하고 싶었으리라. 허우 샤오시엔은 북경어를 모르는 양조위를 위해 문청을 듣지도 말하지도 못하는 인물로 설정했다고 한다. 그러나 제 동포를 죽이는 총소리도 듣지 못한 문청에게, 장애는 현실을 이겨낼 절실한 방패였는지 모른다. 지우펀을 바라볼 수 있는 가장 깨끗한 렌즈, 문청의

맑은 눈을 통해 본 지우펀은 이처럼 상처받은 이들을 위한 허우 샤오 시엔의 따뜻한 위로다.

홍콩 타이항

자동차 수리점과 힙스터의 교집합

새벽 01시 55분, 홍콩행 캐세이퍼시픽항공. 이른 아침 현지에 도착하는 도깨비 여행은 피로가 누적되기에 내 체질은 아니지만, 얼마 전부터 홍콩에 갈 땐 이런 새벽 출발에 맛을 들였다. 퇴근 후 여유롭게 출발할 수 있는 장점도 장점이거니와, 비행기에서 내리자마자 홍콩의 '맛'을 느끼는 재미를 들여서이다. 그러니까 이건 말 그대로 단돈 몇 천 원의 가격으로 '홍콩에서 아침식사를 하는' 호사를 누리는 코스다.

수차례 한 나라에 가다보면 나름대로 즐겨 찾는 장소가 생긴다. 최근 홍콩에서 내가 개발한 곳은 '타이항大坑'이라는 작은 거리다. 타이항은 쇼핑가가 밀접해 인파가 북적이는 홍콩 최대 상점가 코즈웨이 베이 남서쪽에 위치하고 있다. 코즈웨이 베이와 틴하우 중간에 위치한 곳인데, 한적하고 깨끗한 거리, 홍콩, 프랑스, 이탈리아, 베트남, 일본의 각종 레스토랑, 카페, 디저트숍, 바가 골목골목 잔뜩 위치한 보물 같은 동네다. 홍콩이 초행이 아닌 지인에게는 몰래몰래, 마구 권해주고 싶은 곳이다. 북적이는 명동 거리에서 빠져나와 관광객이 몰리기 전 옛 삼청동 거리를 걷는 소박한 기분이랄까.

다시 아침 이야기로 돌아가보자면, 타이항의 매력은 아침 풍경에 8할이 몰려 있다 해도 지나치지 않다. 이곳은 급조된 트렌디한 동네가 아니라, 홍콩에서도 워낙 역사가 깊은 오래된 동네다. 동네의 랜드마크인 린파 사원은 무려 1863년에 세워졌는데, 사원 뒤 작은 산은 종교적 이유가 아니더라도 마을 사람의 아침 산책 코스로 유명하다. 해마다 9월 중추절에 열리는 '파이어 드래곤 댄스'도 빼놓을 수 없는 타이항의 전통 축제다. 67미터 용등을 밝히는 행사는 무려 100년이 넘게 이어져왔다. 이곳 사람에게는 전혀 특별하지 않은 아침 풍경 속에 유구한 역사의 기운이 고스란히 담겨 있다.

현지 노천 식당을 지칭하는, '다이파이동大牌檔'은 집에서 밥을 잘 해먹지 않는 홍콩 사람의 습성을 반영해 이탈리아와 프랑스 레스토랑, 디저트숍이 오픈을 준비하기 전 이른 아침부터 문을 연다. 식당은 이미 식사를 하러 나온 홍콩 현지인으로 북적인다. 오전 7시 30분이면 문을 여는 타이항에서 가장 유명한 다이파이동 '빙키 카페'는 제1코

스. 갈비, 햄, 계란, 고기 지단 등 원하는 것을 올려 먹을 수 있는 홍콩식 라면 한 그릇, 노릇하게 구운 토스트, 밀크티를 주문하면 단돈 몇 천 원의 훌륭한 아침식사가 준비된다. 지척이 외국인이 활보하는 코즈웨이베이지만 신기하게도 영어는 아예 통하지 않는다. 중국어를 모르는 나는 그냥 옆 사람 먹는 걸 따라 주문하다보니, 이젠 메뉴를 통달한 경지에 올랐다. 24시간 홍콩 로컬식당 '차찬탱茶餐廳'의 달달한 음식에 비해 이곳은 단맛이 빠진 게 특징이라, 나처럼 단것을 별로 좋아하지 않는 이에겐 특히 잘 맞는다.

타이항의 기록할 만한 또하나의 아침 풍경은 홍콩식 죽 '콘지Congee'를 파는 로컬 레스토랑 '홍 께이'이다. 이곳에도 아침식사를 하는 현지인이 거리를 점령하고 있는데, 벌써 40년 넘게 이 자리를 지켜

온 곳이다. 가게 입구에 역사만큼이나 나이를 먹은 할아버지가 오전 내내 짱펀쌀로 만든 얇은 피에 새우, 고기를 넣어서 길쭉한 모양으로 찐 만두을 만들고 있는데, 짱펀을 만드는 틀 자체도 다른 곳에서는 좀체 구경하기 힘든 골동품 수준이다. 할아버지의 능숙한 손놀림을 구경하는 것만으로도 배가 불러지는 체험의 시간이다.

  타이항에서 눈에 띄는 또하나의 풍경은 곳곳의 자동차 수리점이다. 옛날부터 타이항은 서울의 청계천 같은 분위기의 자동차 수리점으로 유명했다. 길거리에서는 보기도 힘든 클래식 벤츠가 수리점 천장에 매달려 있고, 아래로 수리를 기다리는 차가 들어서 있는 모습은 그 자체가 시대를 거스르는 풍경이다. 지금은 자동차 수리점 사이로 힙한

식당이나 옷가게, 빈티지숍이 들어서 있지만, 결국 타이항의 지역 식당의 기능은 수십 년 전부터 이곳에 존재한 자동차 수리점 노동자들을 위해 마련된 따뜻한 한 끼에서 비롯되었지 싶다. 짱편을 만드는 할아버지가 이곳에서 얼마나 오랜 시간 작업을 이어왔을까 헤아려본다.

점심시간이 다가오면 상점도 하나둘 문을 열고 사람들도 북적거리는데, 특히 주말에는 거리를 찾는 젊은이들의 즐거운 식사 자리가 마련된다. 노천카페마다 사람들과 함께 산책을 나온 반려견이 자리를 점령하고 있다. 맛집뿐만 아니라 이곳 빈티지 상점도 절대 빼놓을 수 없다. 타이항에서 절대 놓쳐서는 안 될 빈티지숍이 각종 빈티지 조명을 파는 '필쏘굿www.feelsogoodls.com'이다. 하나하나 도대체 같은 모양이라곤 찾아볼 수 없는 과거의 빛, 조명의 천국. 오래된 램프와 백열전구가 빽빽하게 들어찬 가게에서는 시간을 거슬러올라가는 마법이 일어나는 기분을 느낄 수 있다. 조명 세례를 흠뻑 받으며 타이항의 매력을 새삼 담아본다.

타이항을 자주 찾는 건 이렇게 과거와 현재가 조우하고 있는 풍경이 주는 안온함 때문이다. 특색 있는 숍이 속속 들어서고 있지만, 자동차 수리점은 묵묵히 수리점 본연의 모습을 간직하고 있다. 새로운 것 때문에 오래된 것이 자리를 내줘야 하는 지금 서울의 모습과는

다른 곳. 그래서 나는 타이항에 또 아침을 먹으러 간다.

폴란드 바르샤바

도시 전체가 영화 오픈 세트

"동유럽 어디까지 가봤어요?" 이 질문에 대한 답변은 유레일패스가 커버할 수 있는 영역까지다. 프라하 '카를 교'와 부다페스트 '어부의 성'이 동유럽을 설명하는 대표적 명소가 된 데는 그곳이 그만큼 아름다워서이기도 하지만 접근성에서 우위를 점했기 때문이다. 최근에는 아드리안 해의 보석, 두브로니크가 광고와 텔레비전 프로그램을 거쳐 여행상품으로 각광받기 시작했지만, 어쨌든 많은 동유럽 국가가 아직은 우리에게 좀 머나먼 땅이지 싶다. 그런 동유럽을 제대로 한번 가보자고 마음먹었고, 폴란드의 수도 바르샤바도 여행 목록의 일부로 들어갔다. 프라하를 여행하는 동안, 바르샤바에 있는 한국 지사에서 일하다 프라하로 잠깐 여행을 온 이들을 만났다. 내가 바르샤바에 가겠다고 하자 그들 모두 이구동성으로 만류한다. "거긴 정말 아무것도 없는데."

다시 생각해보라는 말을 표표히 뒤로하고 바르샤바로 향했다. 바르샤바는 재건의 도시다. 제2차 세계대전 당시, '바르샤바의 지명만 빼고 모두 파괴하라'는 히틀러의 명령하에 도시의 85퍼센트를 무참히 폭격으로 내어준 아픈 역사의 현장이다. 손을 쓸 길 없이 망가진 터전, 목숨을 잃은 사람들을 대신해 남은 사람들은 5년여의 노력을 통해 바르샤바를 다시 살려냈다. 당시 멀쩡한 새 벽돌에 일부러 낡은 느낌을 주기도 했다는데, 지금의 낡은 벽돌은 재건을 한 1950년대 이후에 다시 켜켜이 내려앉은 진짜 세월의 흔적이다.

영화를 좋아하는 사람 입장에서 보자면, 바르샤바는 세계적 영화 명문인 우츠국립영화학교National Film School in Łódź가 있는 의미심장한 도시다. 폴란드를 대표하는 크지스토프 키에슬로프스키 감독이 이곳 출신이다. 그러나 폴란드를 방문하는 많은 사람이 바르샤바가 아닌 유대인 수용소가 있는 비극의 도시 크라쿠프에 가기 위해 바르샤바를 거친다. 번번한 유적지도 호화로운 현대건축물도 없는 바르샤바는 어느 모로 보나 여행 서적에 그럴싸하게 포장해놓을 도시는 아니다. 하지만 이 도시에서 내가 본 건 조금 다른 성질의 것이다. 구소련의 영향권 아래 있었던 도시에는 여전히 그 시절의 광장 문화가 존재하고 있었고, 러시아식 거대한 건물은 낡았지만 위용을 떨치고 있었다. 멀티플렉스 상영관 대신 낡은 문을 열면 1층 로비에 매점과 매표소가 공존

하는 옛날식 상영관도 이 도시를 구성하는 풍경이었다.

바르샤뱌에서의 첫날, 우연히 들어간 빈티지숍에서 낡은 액자 속 흑백사진을 발견했다. 소녀의 깜찍한 모습을 보며 감탄하자, 중년의 주인이 내게 말을 건다. "내 어릴 적 모습이에요." 어쩐지 거짓말 같아 "진짜예요?"라는 대답이 먼저 튀어나온다. 그랬더니 이번엔 아예 사진을 들어 자기 얼굴 옆에 대본다. 가만 보니 소녀의 얼굴에 여인의 얼굴이 희미하게 남아 있다. 아버지에게 물려받은 빈티지숍을 2대째 운영 중이라는 그녀는 어릴 적부터 빈티지 제품을 수집하는 아버지를 보며 자랐기 때문에, 그 일을 하며 살 수 있어서 즐겁다고 했다. 오래된 찻잔과 낡은 트렁크, 전등, 인형 등 빈티지숍에서 흔히 볼 수 있는 물건들이 즐비한데, 가게의 역사를 듣고 보니 어느 하나 특별해 보이지 않는 것이 없다. 유서 깊은 상점에 들어가 그 역사를 체험한 여성에게 차 한 잔 얻어 마시는 행운이 다시 생각해봐도 믿기지 않는다.

로만 폴란스키 감독이 영화 〈피아니스트〉를 찍었다는 동네에 이르러 노면전차 철길 옆으로 늘어선 연립주택을 따라 걸을 때에는, 급기야 바르샤바의 모든 것이 좋아졌다. 1980년대 정취를 그대로 간직한 한 템포 느린 이 도시가 내게 준 감흥은 온전히 수식할 길이 없는 흥분이었다.

여행중 내가 가장 많은 필름을 쓴 곳도 바르샤바였다. 놓칠 수 없는 장소, 놓칠 수 없는 사람이 부지기수라 사진으로라도 남겨두고 싶었다. 붉은 원피스를 곱게 차려 입고 지하도 계단을 내려가는 할머니의 뒷모습을 보고 쫓아가면서 생각했다. 어쩌면 도시 전체가 영화를 찍기 위해 존재하는 거대한 오픈 세트가 아닐까? 수트케이스를 거리에 잔뜩 늘어놓은 남자는 마치 화보의 한 장면 같다. 그리스 정교의 예배일, 레스토랑에 들어가자 모두가 선홍빛 음료를 마시고 있는데, 이들에게도 스토리를 부여하고 싶어진다. 공원 풀숲에 앉아 담소를 나누는 두 명의 수녀는 카메라를 보이자, 수줍게 웃어 준다. 간판의 글자를 걸고 있는 남성은 아예 적극적으로 카메라를 향해 자세를 취해준다. 올드 타운 앞 공사장에는 무너진 건물을 배경으로 중년의 남녀가 기념 촬영에 바쁜데 그 모습을 나는 또 놓칠 수 없다. 기차역으로 가는 통로를 따라 늘어선 가판에는 먼지 쌓인 책을 파는 아저씨가 무료하게 앉아 있다. 누가 저런 걸 사갈까 싶었는데, 용케도 거기서 사진집 하나를 골라냄으로써 그 누군가가 결국 내가 됐다. 바르샤바 전통 스넥바인 밀크바도 여행중 자주 찾았다. 밀크바는 바르샤바를 대표하는 간식 피에로기^{만두}나, 스프, 차 등 간단하게 먹을 요깃거리를 파는 곳으로 한국의 김밥 체인점과 커피숍이 결합된 정도의 공간이다. 소박한 테이블과 의자가 인테리어의 전부이고 음식 가격은 대부분 폴란드 화폐 즈워티로

10즈워티1즈워티가 약 350원가 넘는 게 없을 정도로 저렴하다. 도시 곳곳에 있어서 손쉽게 들를 수 있다. 그곳에 앉아 바르샤바에 참 잘왔다 생각했다.

크라쿠프를 향해 도시를 떠나던 날 과분할 정도의 친절이 기다리고 있었다. 기차역에 가려고 택시를 잡자 기사가 "오늘은 영업을 하지 않는데, 짐이 많아 보이니 태워주겠다"고 한다. 내릴 때 돈을 지불하려고 하자 "비번이라 돈은 받지 않는다"며 한사코 만류한다. 그렇게 기차역에 들어서자 중년의 남자가 내게 호기심을 보인다. "바르샤바는 어땠느냐?"라는 대수롭지 않은 물음에 나도 모르게 어느새 이야기보따리를 풀어놓았다. 내 이야기에 맞장구를 치던 그가 갑자기 "내 고향은 여기서 한참 떨어져 있는데 여기보다 훨씬 정감 있다"며 다음 여행지로 멀리 북부에 있는 고향 마을을 추천해준다. 여행자에게 도시의 무료함을 설파하는 것을 보니, 그는 바르샤바에 살고 있는 게 분명하다. 이곳에 오기 전 내 행로를 만류하던 이들처럼 일상을 사는 사람에게 도시는 애증의 공간이 된다.

한편으로는 도시의 오래된 이미지를 소비하기에 급급한 나 같은 여행자가 그에겐 불편했을 수도 있다. 어쩌면 난 바르샤바가 간직한 뒤처짐의 시간을 이미지로 소비하는 이기적인 여행자였을지도 모른

다. 하지만 개발의 광풍이 몰아닥치지 않은 도시가 가진 정취는 어느 모로 보나 매혹적이다. 관광을 위해 존재하는 동유럽이 아니라 도시 자체를 근거로 사는 '사람들'이 북적인다는 점에서도 바르샤바는 분명 내 여행의 목적을 견고히 해준 도시였다. 어쩌면 그 남자가 설명해준, 이름도 기억나지 않는 지방 마을이 그의 말처럼 아주 좋을 지 모른다. 하지만 바르샤바는 대체할 수 없는 바르샤바 그 자체다. 적어도 내게 는 가장 완벽한 도시와의 만남이었다.

3장

빈티지,
아름다울 수만은 없는 그 이름

보스니아헤르체고비나 사라예보

총탄의 흔적을 품은 도시

폴란드 크라쿠프에서 다음 여정은 보스니아 수도 사라예보로 결정했다. 인포메이션 센터 직원에게 '사라예보로 가는 차편'을 묻자 눈빛이 달라진다. "도대체, 왜, 거길, 굳이, 여자가." 사라예보라는 도시의 위험 지수를 경고하는 것은 인포메이션 센터 직원이라면 당연히 숙지하고 있어야 할 매뉴얼로 보였다.

장시간 버스를 타고 사라예보에 도착한 날 밤 클럽과 펍이 즐비한 밤 문화에 취한 나는, 크라쿠프 인포메이션 센터 직원은 도대체 무엇을 걱정했나 싶어졌다. 이슬람 문화권인 이곳의 명소는 사원이 즐비한 올드 타운이다. 하지만 고풍스러운 올드 타운과 달리 시내는 동유럽의 도시 중 가장 자유분방한 기운이 넘친다. 무엇보다 화려한 스트리트 패션이 그걸 증명한다. 거리를 누비는 젊은이의 옷차림을 보면

서, 한 달여 동안 동유럽을 돌아다니며 갑갑했던 분위기를 다소나마 쇄신할 수 있었다. 보스니아 스트리트 패션의 키워드는 단연 섹시함 이다. 풀 메이크업에 짧은 핫팬츠나 미니스커트, 민소매 셔츠, 여기에 아찔한 힐이 추가된다. 분위기를 모르고 여행자의 합리적인 자세로 투박하고 편한 차림으로 거리를 나섰다간 쭈뼛쭈뼛해질 공산이 크다.

물론 폴란드 청년의 걱정이 과민반응만은 아니었다. 불과 얼마 전 1990년대만 해도 이곳은 이슬람계와 크로아티아계, 그리고 세르 비아계가 민족과 종교를 사이에 두고 내전을 일으켰던 피비린내 나 는 전쟁터였다. 1989년 베를린장벽의 붕괴는 유고슬라비아사회주의 연방국가의 해체로 이어졌고, 분리 독립을 선언한 보스니아는 공격의

대상이 됐다. 당시 내전으로 10만 명이 넘는 무고한 시민이 목숨을 잃었다. 이곳 사람의 상당수는 가족을 잃은 아픈 기억의 현재를 살고 있는 셈이다. 불과 몇 십 년 만에 그 상처가 말끔히 없어졌을 거라는 기대를 할 수 없는 이유다.

사라예보 출신 여성 감독 야스밀라 즈바니치는 영화 〈그르비바차〉를 통해서 지금도 신음하는 사라예보의 현실을 되짚었다. 딸 사라의 수학여행 경비를 마련하기 위해 웨이트리스로 취직해 돈을 버는 엄마 에스마. 그녀는 딸이 세르비아군에게 성폭력을 당해 태어난 '악마의 씨'라는 사실을 숨긴 채 딸을 키워왔다. 내전중, '인종 청소'라는 명분 아래 세르비아군은 어린 소녀부터 부녀자까지, 가릴 것 없이 이슬람 여성을 강간했고, 낙태를 못하게 군 수용소에 가둬두었다 풀어

주는 끔찍한 만행을 저질렀다. 열두 살 사라가 사춘기를 보내는 평범한 동네 '그르비바차'는 사라예보에서도 가장 피해가 극심했던 지역, 곧 에스마에게 자신이 가장 사랑하는 딸을 아프게 바라볼 수밖에 없는 끔찍한 기억의 장소였다.

사라예보에서는 마당이 있는 게스트하우스에 묵었는데 그곳은 마을 사람의 사랑방이었다. 아침에는 모닝커피를 마시는 곳이자, 저녁이면 마을 사람이 모여 맥주 한잔을 걸치는 장소다. 저녁엔 꼼짝없이 이 술판을 그냥 지나칠 수 없는 구조다. 맥주를 한잔 걸친 아저씨는, 자신의 여자친구가 비틀스의 멤버인 링고 스타의 옛 연인이었다는 허풍을 늘어놓았는데, 내가 믿지 않는 눈치를 보이자 거짓말이 아니라며 낡은 흑백사진을 증거로 꺼내보였다. 링고 스타와 여자 친구가 함께 있는 사진이라는데, 사진을 봐도 여전히 진위가 의심스러웠다. 이런 우스꽝스러운 대화의 말미에 그는 "시내는 이렇게 아무렇지 않아 보여도 산동네엔 여전히 지뢰가 널려 있으니 함부로 가면 안 된다"고 '지뢰 경고령'을 내렸다. 이탈리아 나폴리 섬에 갔을 때, 내가 주머니에 돈을 막 구겨넣는 것을 본 피자집 주인이 "돈 조심해요. 아가씨. 여긴 눈 뜨고 코 베어 가도 모를 곳이야" 하고 경고해주던 딱 그 정도의 뉘앙스다. 소매치기가 눈 깜짝할 사이 돈을 빼가듯, 묻혀 있던 지

뢰가 언제 내 발목을 뺏어갈지 모른다는 게 여행자를 위한 일상적인 주의라니, 등골이 오싹해졌다.

다음날부터는 붉은 지붕과 울퉁불퉁한 돌바닥, 이슬람 사원이 있는 안전한 올드 타운을 벗어나 주변 동네를 어슬렁거렸다. 1984년 이곳에서 열린 동계 올림픽 때 만들어진 마크를 내건 낡은 체육관을 카메라에 담았다. 트램이 지나가자 하이탑과 미니스커트 차림으로 목발을 짚은 섹시한 미녀가 길을 건너오는데, 그 모습이 영화의 한 장면같이 매혹적이다. 그렇게 한참을 걷는데 아니나 다를까 낡은 건물 벽면에 총탄 자국이 한둘이 아니다. 산 아래 작은 분지 마을, 평화로워야할 도시는 전쟁의 흔적을 여전히 간직하고 있다. 상당 부분은 전쟁의 상처를 상기하기 위해 부러 없애지 않은 게 아닐까 싶었다. 내전으로 인한 상처는 분명 이 도시를 구성하는 하나의 요소였다. 그 아픔의 시간을 유추해보며 걷는 건 숙연한 경험이었다.

정치적 이념, 종교적 이유 때문에 지금도 많은 곳에서 전쟁과 탄압이 자행된다. 분명한 건 우주의 관점에서 바라볼 때 무모하기 그지없는 이 싸움에서 언제나 가장 큰 희생양은 약자라는 사실이다. 피해자이면서도 오히려 사회의 수치로 치부되어 죄인처럼 살아가는 사라예보 여성들을 떠올려본다. 그들이 가진 지금의 활기 속에 존재하는 '그녀들의' 사라예보가 한층 아프게 다가왔다.

네덜란드 로테르담

2차 대전 폐허 위에 만들어진 재건 도시

'꽃보다' 시리즈 중 정수는 〈꽃보다 청춘〉이었다. 윤상, 유희열, 이적이 사전 미팅인 줄 알고 만났다가 졸지에 짐 하나 없이 공항으로 끌려가는 광경이 1편에서 펼쳐진다. 이들이 불시에 습격당하듯 떠밀려서 페루로 떠난 1편은, 말 그대로 기획력의 승리이자, 나영석 PD의 판을 짜는 능력을 치하하게 만드는 결정적 에피소드였다. 암스테르담의 도시 로테르담을 이야기하면서 페루 이야기를 꺼낸 건, 아무리 내려놓아도 내 여행이 그 정도로 자유로웠던 적은 없었구나 하는 생각이 불현듯 들어서이다. 여행은 다양한 정보와 사전 준비가 수반된 고도의 전략적 일탈이다. 완벽하게 그걸 잘하는 사람도 있지만, 그렇지 못하더라도 최소한의 일정을 짜고 숙소를 예약하는 것이 필수 덕목이다.

그런 의미에서 내가 유럽 여행을 하며 가장 아쉬웠던 도시가 로테

르담이었다. 내 머릿속 일정은 이상하게 그때만큼은 이미 출발 전부터 대략 짜여 있었다. 암스테르담에 숙소를 잡고 주변 도시나 인접 국가 벨기에 등지를 둘러볼 예정이었다. 암스테르담에서 기차로 2시간 30분가량 걸리는 작은 도시 로테르담도 구색을 갖추듯 한나절 코스로 배정되어 있었다. 그런데 막상 로테르담에 도착해보니 이미 3일 동안 들락거린 암스테르담보다 이 도시가 내 취향에 더 맞다는 것이 분명해졌다. 숙소며 배낭이며 모두 암스테르담에 있으니 돌아가야만 할 나는, 완전한 이상형을 눈앞에 두고도 운명을 탓하는 비련의 여주인공 심정으로 암스테르담으로 돌아왔다.

고작 반나절 여행이었으니 로테르담에 푹 빠졌다는 건 어불성설이고, 로테르담에 궁금증이 생겼다고 하는 게 맞을 것 같다. 암스테르담은 물론 멀지 않은 곳에 있는 벨기에의 브뤼주 역시 고풍스러운 유럽 도시의 형태를 띠고 있는데, 유독 현대적 건축물이 즐비한 로테르담은 마치 인접 지역과 뚝 떨어져 홀로 존재하는 공간 같았다. 로테르담이 지금의 모습을 갖게 된 건 제2차 세계대전이 일어난 후다. 히틀러의 폭격으로 많은 도시가 자취를 감추었는데 로테르담도 그 불행을 감내한 도시였다. 고풍스러운 과거의 모습을 잃어버린 사람들은, 이왕 이렇게 된 바 완전히 새로운 현대적 도시를 건설해보자고 뜻을 모았다. 그렇게 하나둘 건축가의 감각이 더해진 멋진 건물이 도시의 경관을 다시 만들어나가기 시작했다. 세계적인 건축가 렘 콜하우스 역시 로테르담 출신. 이 도시에 건축이 발달한 이유다.

허락된 짧은 시간에 선택한 곳은 두 곳이었다. 한 곳은 운하에 면한 건축 박물관. 마침 현대 건축의 아버지 르 코르뷔지에 전시가 열리고 있었다. 두번째는 로테르담에 가면 반드시 가는 곳인 큐브 하우스였다. 큐브 모양의 집이 모인 일종의 다세대주택인데, 대부분 주거공간이고 몇몇은 일반에게 공개되기도 했다. 외관은 말할 나위 없이 멋있었지만, 하필 좁은 큐브 모양을 들여다보자 자고 일어나니 점점 모양을 달리하는 큐브에 갇혀 있던 6인의 사투를 그린 빈센조 나탈리의 영화 〈큐브〉가 떠올랐다. 듣자 하니 확보된 평범한 공간이 제한된 탓에 큐브 하우스 거주자의 최대 고민은 가구 배치라고 한다.

실험적인 건물이 많아 로테르담은 '건축의 도시'라는 표현이 딱 어울리지만 만약 이렇게 멋을 잔뜩 낸 건물만 있었다면 조금 숨이 막히지 않았을까 싶기도 하다. 늘 새로운 건물을 짓는 신축 공사가 이어지지만, 이곳은 운하를 주변으로 17세기 항만 도시의 풍경을 그대로 간직하고 있다. 게다가 큐브 하우스에서 멀지 않은 곳에 있는 시장은 로테르담이 현대적 시스템만으로 돌아가고 있지 않다는 사실을 단박에 알려주고 있었다. 먹거리도 팔고, 생필품도 파는 평범한 노천 시장

에는 장을 보러 온 사람들로 북적이고 있었다. 취급 품목에는 중고 제품도 한껏 전시되어 있었는데, 빈티지 시계 같은 제품은 잘만 고른다면 제대로 가치가 있어 보였다. 중고 음반과 서적도 적지 않았다.

좌판에서 한참 책을 뒤적거리는데 후두둑 비가 내린다. 할머니 한 분이 사진집 한 권을 들고 있다가 빗물이 묻어 영 가치가 없다며 옆에 있는 나를 불러, 불평을 늘어놓는다. 정확히 빗물을 짚어 보이시는 게 여간 불만이 아니신가보다. 할머니가 책을 내려놓음과 동시에 나는 잽싸게 그 책을 집어들었다. 1959년에 출간된 사진집 『Amsterdam』이다. 흑백의 사진은 한 장 한 장 넘기는 게 아까울 정도로 경이롭다. 운하를 배경으로 한 도심과, 네덜란드 항공사 승무원의 클로즈업 컷, 광장에 모여 있는 사람들, 도심 공원의 위인 동상, 클럽의 춤추는 무희, 야채를 파는 시장 상인, 자전거를 탄 주부, 베르메르 그림을 앞두고도 서로의 대화에 심취해 있는 미술관의 두 남자, 코끼리를 탄 동물원의 소녀, 벼룩시장에서 열심히 책을 고르고 있는 코트 차림의 청년, 어마어마하게 멋있는 전등을 설치중인 전기기술자 등 1950년대 네덜란드인의 생활이 사진에 그대로 묻어난다.

이런 보물을 건지다니! 할머니의 손에서 사진집을 놓게 만든 빗물 한 방울의 절묘한 타이밍에 감사했다. 거리의 여느 사람처럼 나도 감자튀김과 핫도그를 사들고 큐브 하우스가 바라보이는 위치로 걸어

나왔다. 어느덧 암스테르담으로 돌아갈 시간이다. 로테르담 중앙역에서 암스테르담행 기차를 타고 인포메이션 센터에서 챙겨넣은 〈로테르담 재즈 페스티벌〉 전단지를 꺼내들었다. 다음엔 이 구실로 꼭 다시 제대로 찾을 거라고 다짐했다.

네팔 고대 도시 파탄

심신의 안정을 구매하다

일 년에 한두 번은 여행 구매 찬스를 쓴다. 추위가 극에 달하는 1~2월이라면 동남아시아의 태양이 제격이다. 네팔을 '구매'할 때 내가 택한 건 '심신의 안정' 찬스였다. 매일의 마감으로 격무에 시달렸으니 모든 걸 내려놓는 구도의 여행지를 택하자 싶었다. 영화 〈이끼〉 촬영을 취재하러 강원도에 갔을 때 배우 유해진씨를 만났다. 꽁꽁 언 날씨에 온종일 촬영을 하고 다 같이 한잔하러 가 대화를 나누던 참이었다. "이렇게 추운 데서 몇 개월을 촬영하고 나면 휴식 시간이 정말 소중하겠어요"라고 유해진씨에게 말하니 "여행을 자주 해요. 네팔에 다녀왔는데, 평화롭고 좋았어요. 거기서는 다 내려놓고 쉴 수 있어요"라고 대답하는 것이 아닌가. 그 무렵 마침 후배들이 여행을 함께 가자고 제안해왔고, 나는 후배들에게 멀리 히말라야 산이 보이는 네팔 사진을 들이밀

었다. "히말라야 정기를 받기에는 여기가 최고라고. 이 기회에 아무 생각 없이 복잡한 서울을 떠나보는 거지." 엉성한 설득이 의외로 제대로 먹혀 선후배 셋이 사이좋게 네팔로 떠나게 됐다.

네팔의 수도 카트만두. 도착하자마자 그 놈의 '안정'은 온데간데 없이 공항 검색대 직원이 농을 걸어왔다. "저녁에 어디 갈 거야? 시내에서 뭐 할 거야?" 족히 50살은 되어 보이는 아저씨의 기습 공격이다. 얼떨결에 "아이가 셋이다"라고 받아쳤더니 그 말에 놀라 겨우 잠잠해졌다. 택시를 타고 기사가 내려준 곳에 다다랐는데 숙소가 없다. 지도를 봐도 도무지 찾을 수 없고 사람들에게 물어봐도 모르겠다는 손짓뿐이다. 다시 택시를 잡아탔다. 자리를 제대로 잡아 앉으려고 하니, 이제 내리란다. "저기야." 전 세계를 다니며 소소한 여행 사기에 노출되어 봤지만, 이런 건 너무 치사하지 싶다. 로버트 다우니 주니어가 운명의 남자로 나오는 〈온리 유〉라는 로맨틱 코미디 영화를 보면, 여주인공이 점쟁이가 알려준 평생의 상대를 찾으려는 찰나, 급한 마음에 택시를 잡아타는 장면이 있다. 로마의 트레비 분수 앞에서 택시를 잡아탄 그녀가 내린 곳은 동그란 분수 바로 맞은편이었다. 그 짧은 거리를 택시를 타고 돈을 지불하고 운명의 상대를 찾는 장면은 두고두고 기억에 남는 멜로 영화의 멋진 한 장면이었다. 이렇게 다른 장르로 당하고 생돈을 뜯길 줄이야.

　숙소에 도착하고는 도마뱀을 못 견디는 후배의 고충으로 방을 바꾸는 소동이 있었다. 하지만 바꾼 방에서도 도마뱀이 끊이지 않고 나왔으니, 방을 바꾸거나 말거나 모두 헛일이라는 성찰만 얻게 됐다. 마침내 모든 소란을 잊고 안정을 만끽하는 순간이 왔다. 그러나 진짜 고통은 그때부터 시작됐다. 네팔에는 개가 많다. 거리에 큰 개들이 목줄을 매지 않고 어슬렁거린다. 집집마다 기르는 개도 많다. 그 개들이 밤이 되면 일제히 짖기 시작한다. 영화 〈트와일라잇〉 시리즈 속 늑대들의 결전이라도 있는 건가. 사력을 다해 짖는 개들 때문에 밤새 한숨도 자지 못했다. 후배의 모습은 더 가관이었다. 출몰하는 도마뱀과 개 짖는 소리에 다크 서클이 입꼬리까지 내려와 있다. 그녀가 한마디 한다. "빨리 여기서 나가죠, 선배."

　판도라 상자를 열었을 때의 혼란을 영화적으로 재연한다면 로케이션 장소로 카트만두 거리를 추천한다. 포장되지 않은 흙먼지 도로에는 자동차와 릭샤, 오토바이, 소가 가고 싶은 방향으로 사방팔방 뒤엉켜 거리를 점령하고 있었다. 무질서를 물리치는 유일한 방법은 저마다 내지르는 경적 소리뿐. 단 30초라도 그 소리에서 벗어날 수 있을 거라고 기대한다면 오산이다. 그래도 네팔 최고의 성지라고 알려진 힌두 사원 퍼슈퍼티나트 사원이라면 다르겠지. 강을 따라 행해지는

수장水葬이 주는 생과 사의 엄숙한 기운을 느껴볼 참이었다. 적어도 계획은 그랬다. 그런데 또 무슨 일이람. 갑자기 멀리 걸어오던 뿔 달린 소가 전속력으로 나를 향해 돌진해오는 바람에 혼비백산 100미터 전력질주를 해야 했다. 힌두의 성지. 구도자와 함께 발을 맞추던 소가 그렇게 빠를 건 뭔가. 이 기세라면 텍사스 지역 투우장의 소랑 싸움을 붙여도 이쪽이 압승이다.

하룻밤, 그리고 반나절 만에 나는 가능한 한 빨리 이 도시와 안녕을 고하고 싶었다. 비둘기 수백 마리가 흙먼지를 날리며 머리 위를 날아오르던 그때, 택시를 잡아타고서 기사에게 '파탄!'을 외쳤다. 파탄은 카트만두 중심부에서 남쪽으로 5킬로미터 떨어진 고대 도시다. 급하게 펼쳐든 가이드북에 따르면 '카트만두, 벅터푸르와 함께 네팔의 3대 도시로 중세 말라 왕조 시대의 흔적을 고스란히 간직한 네팔의 도시다. 주민의 대부분이 네와르 족으로 여전히 도시 문화를 흡수하지 않고 소박한 삶을 영위하고 있는 곳. 사실 반나절의 혼돈을 겪고 나서는 직접 가보기 전까지는 그 말을 믿지 않기로 했지만.

차에서 내리니 영화 〈인디아나 존스〉 촬영장에 발을 내딛은 게 아닐까 싶었다. 마을은 중앙 더르바르 광장을 중심으로 상점과 주거지가 밀집해 있는데, 마을에는 말라 왕조 시대 건축물인 왕궁과 사원, 탑이 늘어서 멋스러움을 내뿜고 있다. 광장 한가운데는 파탄의 특산물인 도자기 상인이 광장을 메우고 있다. 상인이 네팔 전통 탈을 쓰고 앉아 있는데 초현실적인 느낌을 자아낸다. 광장 뒷골목으로 돌아서니, 작은 가게에 음료를 한 잔씩 두고 장기짝을 옮기는 사내 둘이 보인다. 이곳을 기점으로 공방이 즐비하다. 광장에서 판매하는 놋쇠나 목각 공예품이 모두 뒷골목에서 만들어지는 듯, 집집마다 품목이 제각각이다. 공방 앞, 거대한 목각 말이 서 있는 공방으로 들어섰다. 1.5평 정도의 작은 작업실 겸 가게. 할아버지가 목각 인형에 둘러싸인 채 열심히 조각을 하고 있다. 묵묵히 작업을 하던 그가 "모두 직접 깎고 채색해서 만든 것이라 하나도 같은 물건이 없다"라며 물건을 들어 보여준다. 선반 가득한 작품이 모두 그가 매일매일 깎아낸 결과물이라 생각하니, 물건을 고르는 데도 한층 집중력이 요구된다.

　파탄은 유네스코 세계문화유산으로 지정되어 있다. 도시 전체가 문화재로서 가치를 지니고 있지만, 정작 네와르 족 사람은 이곳을 박물관으로 박제하는 대신 여전히 생활의 터전으로 삼고 있다. 훼손이 염려되나 한편으로는 '여전히 사용된다'는 사실이, 이 고대 도시를 현재형으로 만들어준다. 고대의 아름다움에만 머물지 않게 하는 것. 마을 곳곳의 건축물에는 네와르 조각이 새겨져 하나하나 박물관 전시물 같은 감흥을 안겨준다. 마을 한가운데 있는 공동 수도, 힌두신의 모습

으로 조각이 된 수도꼭지 하나까지도 욕심 많은 누군가에게 발굴됐더라면, 당장 떼어갔을 법한 작품이다. 관광 수익이 주 수입원이지만 이렇게 마을에는 사람들의 손길, 생활의 기운이 고스란히 묻어난다.

파탄의 목조 건물은 카페와 레스토랑으로도 운영되어, 여행자에게도 이 도시에 동참할 수 있는 기회를 제공한다. 한국으로 따지면 한옥으로 된 음식점이다. 좁은 계단을 올라가면 다락방처럼 만들어진 목조 건물 내부로 들어갈 수 있다. 꼭대기에서는 도시 전체가 한눈에 내려다보인다. 석양이 지는 황금 시간대에 마침 그곳에 도착한 건 지난 1박 2일의 피로를 불쌍히 여긴 힌두의 신 비슈누의 뜻이었지 싶다. 목조 건물에 새겨진 조각물 사이, 지는 해가 커다란 천을 덮듯이 도시 전체를 감싸안는다. 붉은 바닥의 흙, 목조 건물이 태양의 붉은빛을 그대로 흡수해 도시 전체가 붉디붉은 기운을 내뿜는다. 그 순간, 고대로부터 전해져오는 고요한 숨소리가 들리는 것 같았다. 파탄의 별칭은 '라릿푸르Lalitpur', 미의 도시라고 한다. 도시 전체가 박물관 같은 파탄에서 나는 이미 카트만두의 혼돈은 말끔히 잊었다. 어둠 속으로 서서히 묻히는 도시의 한가운데로 쌀쌀한 분지의 바람이 몰려와 겉옷을 꺼내들었다. 파탄을 떠나야 할 시간, 그렇게 찾고 싶었던 평화와 안정의 충전이 완료되었다.

P.S. 지난 2015년 4월 일어난 네팔 지진 피해자들에게 위로를 전한다. 그곳에 갔을 때 만났던 좋은 사람들의 모습이 하나둘 지나간다.

불가리아 플로브디프

공산주의 몰락, 그 이후

빌 브라이슨의 여행 에세이 『발칙한 유럽 산책』을 보면 여행 작가로서 가질 법한 지역 예찬이나 재미난 경험담이 한 줄도 등장하지 않는다. 거침없이 흘러나오는 불평과 독설만으로도 책 한 권을 단숨에 써내려 가는 여행자. 내 친구는 투덜대는 그의 여행법이 불편하다고 하였지만, 나는 자고로 여행 책의 외피를 쓰고 이렇게 막무가내로 욕지거리를 던지는 용기가 존경스러웠다. 친구는 준비 없이 떠나면 겪을 수밖에 없는 곤란을 겪고 그걸 탓하는 그를 무참히 비난했고, 나는 여행이란 자고로 계획 없이 가서 겪는 묘미가 제격이라고 반격했다.

불가리아를 여행하면서 빌 브라이슨이 유럽을 산책하며 설명한 책 속의 불가리아가 떠올랐다. '1973년에는 전혀 이렇지 않았다. 당시에는 상점에 물건은 넘쳤지만 아무도 구매력이 없었다. 지금은 모두

돈 보따리를 품에 안고 있지만 물건이 없다.' 쉐라톤 불가리아에 투숙하며, 식사를 할 때마다 '900만 불가리아 국민보다 더 잘 먹고 있는 사실을 알고 있는' 빌 브라이슨은 여행 내내 공산주의 붕괴 이후 불가리아의 낙후된 경제를 토로했다. 특히 어느 불가리아 가정, 백화점 쇼핑을 한 아내와 퇴근한 남편이 나누는 대화를 가상으로 구성한 부분은 압권이다. "여보 있잖아. 오늘 쇼핑은 진짜 성공했다. 빵 한 덩이에 리본 15센티미터를 건진데다가 쇳조각 하나도 샀는데 써먹을 데가 많을 거 같아. 게다가 도넛 하나도 샀는걸." "정말이야? 도넛까지?" "음, 도넛은 사실 농담이었는데……."

불가리아에 가기 전 빌 브라이슨의 신랄한 불가리아 경제 논평을 접했지만, 사실 그 정도일 거라는 생각은 못했다. 내 머릿속 불가리아

는 일단 흑해를 한편에 두고 발칸반도 동쪽 끝에 위치한 국가. 최대 낙
농 국가, 장수 마을, 요거트 광고 속 청정 이미지가 절반은 차지하고
있었다. 수도 소피아에서 지내는 동안 정말 뒤통수를 맞은 기분이 들
었다. 도시는 여기저기 온통 공사로 어수선하고, 빌 브라이슨이 말했
던 경제난이 체감될 정도로 낙후된 곳이었다. 고대 그리스어로 '지혜'
를 뜻하는 말을 가진 '소피아'라는 말이 무색해졌다. 역사가 7천 년이
넘는 오래된 도시인지라 자세히 들여다보면 정취는 한가득인데, 도
시 전체가 보존에는 도통 관심이 없어 보였다. 이슬람 사원, 그리스정
교 사원, 레닌 광장 같은 역사의 부침을 설명해줄 요소가 아무렇지 않
게 뒤섞여 있다고나 할까. 지하철, 호텔 공사중에 엄청난 유적이 발굴
돼도 이곳에선 크게 개의치 않는 분위기라 한다. 국경을 마주하는 터

키의 이스탄불같이 찬란한 문화유산을 먼저 경험하고 다음 여행지로 곧장 소피아를 택했다면, 이곳의 무신경함에 실망이 이만저만이 아닐 것 같다.

그 와중에 빌 브라이슨보다 더하면 더하지 싶은 불가리아 투덜이를 만났다. 장기 투숙중인 게스트하우스 청년은 일자리를 구하러 지방에서 도심인 소피아로 나와 있는 상태였다. 지방에 가족이 많은데, 취업난이 워낙 심각해 청년의 고민도 이만저만이 아니었다. 비록 돈벌이 때문에 대도시 소피아로 와 있지만, 그는 이곳은 시끄럽고 지저분하다며 지방 도시로 가야 불가리아의 아름다움을 볼 수 있다고 했다. 고향을 그리는 시적 정서라기보다는 초지일관 불평불만인 게 문제였지만. 투숙객 중에는 네덜란드에서 교수로 재직중인데 잠깐 여행을 하고 있다는 중년 남자도 있었는데, 이들은 숙소에만 들어가면 모여 앉아 세계경제, 빈부 격차에 대해 대화를 나누는 게 일과였다. 사실 세계경제라는 말은 거창한 포장이고, 대부분 너희 나라는 콜라 한 병에 얼마냐, 우리는 얼마다, 한 달 집세는 얼마냐 같은 이런 단순 비교를 하다가, 경제적 격차로 점점 기분이 나빠진 불가리아 청년의 얼굴이 붉으락푸르락해지기 시작하고 급기야, "말도 안 된다 그 가격은"이라는 말로 응수하면 네덜란드 교수는 분위기 파악 못하고 "우리 나라 물

가가 워낙 세다." 이런 대화를 이어나가는 형국이었다. 사실 네덜란드 교수는 내가 들어도 잘난 척이 좀 심했는데, 그가 말한 자신의 지위나 경제력을 따져볼 때 도대체 왜 이 싸구려 숙소에 머물고 있는지도 이해가 가지 않았다. 이 유치한 난상 토론에 잔뜩 시달린 나는 어느 날은 피곤하다는 이유로 저녁 회동을 거부하기도 했다.

숙소뿐만 아니라 소피아 곳곳에서 불가리아 사람의 도시 불평을 자주 마주해야 했다. 재래시장에서 만난 감자 깎는 아저씨마저도 소피아의 경제난을 이야기하며 한국의 IMF 시절이 어땠는지 물어왔다. 주말에는 소피아에서 가장 그럴듯한 건물이자 도심 미관을 완성하는 알렉산데르 네브스키 교회 앞에서 열리는 벼룩시장에 갔다. 그런데 그곳 상인은 경제난을 호소하는 대신 내 호주머니를 터는 것으로 그 어려움을 적극적으로 만회할 요량이었던 것 같다. 달러를 만질 수 있다는 기쁨에 15킬로미터도 안 되는 거리의 택시비를 10달러나 받았다고 분노하던 빌 브라이슨이 또다시 떠올랐다. 말도 안 되는 비싼 가격에 당황하고 있자니, 마침 함께 간 게스트하우스 청년이 불가리아어로 상인에게 따지기 시작했다. 불가리아어지만, 다시 네덜란드 교수와 함께 있을 때 격앙된 그의 낯빛이 재연되어 상황이 짐작됐다. 그러니까 자기 고향에서는 이런 가격은 말도 안 되는 것이며, 누굴 호구로 아느냐며 항의를 한 게 분명하다. 두 불가리아인이 벌이는 설전을 먼 나라에서 온 내가 뜯어말리는 형국이었다. 아, 그냥 산다고 사. 결국 둘의 전쟁 같은 흥정을 통과한 전리품 하나를 사들고 그 자리를 떴다.

소피아에서 이렇게 몇 날 며칠을 하릴없이 보내던 나는 무료함에 몸을 꼬다가 탈출을 시도했다. 불가리아의 또다른 최대 도시라는 '플로브디프'를 향한 짧은 여행이었다. 일단 로마보다도 역사가 오래된 도시라고 하니 호기심이 동했다. 표를 구하러 터미널로 향했다. 인터넷 시간표만 보고 버스표를 구하러 갔더니, 매표소 직원이 이미 플로브디프로 가는 버스는 한 시간 전에 떠났다고 했다. 말도 안 된다고 항변하는데, 갑자기 뒷줄에 서 있던 남자가 자기 시계를 보여준다. 남자의 시침은 내 시계와 달리 한 시간 후를 가리키고 있었다. 소피아에 오고 난 후 미처 옆 나라와의 1시간 시차를 체크하지 않았던 거다. 뭐든 할 것도 없는 도시에서 이 사람 저 사람과 경제에 관한 불평만 늘어놓는 동안 제대로 시간 확인도 안하고 몇 날 며칠을 보낸 셈이었다.

시차 해프닝은 마치 플로브디프를 향하는 통과의례 같았다. 도대체 시계를 얼마나 돌린 것일까. 버스를 타고 도착한 곳에는 낙후된 현재의 소피아가 아닌, 찬란했던 이 나라의 과거가 있었다. 고대의 유적지가 현재처럼 숨쉬는 공간. 고대에 '필리포폴리스'라 불린 도시는 과거 불가리아의 경제, 교통, 문화, 교육의 중심지로 통일이 된 후 불가리

아의 수도였다. 레스토랑, 골동품 가게와 거리의 화가들이 즐비한 '드 주마야 광장'을 시작으로 언덕에 위치한 마을은 구불구불한 골목과 반들반들한 돌길을 바탕으로 형성된 올드 타운이다. 로마보다 역사가 더 오래됐다고 하니 유럽에서 가장 역사가 오래된 도시다. 로마시대 2세기에 건축한 로마 원형극장이 2천 년 세월을 견디며 이곳에 고스란히 보존되어 있다. 지금도 이곳에선 오페라 공연이 열린다고 한다. 날만 잘 맞춰 온다면 2천 년 세월을 느낄 수 있는 울림을 받는 공간이다.

오래된 돌벽을 그대로 간직한 마을의 집은 하나같이 진귀했다. 몇몇 집은 개방되어서 직접 들어가서 내부를 경험할 수 있었다. 동유럽 특유의 가옥이 주는 색다른 아름다움이 골목마다, 집마다 전해져왔다. 하늘 아래, 미로 같은 골목이 그렇게 오랜 시간 보존되어왔다니 경이롭다. 꼬불꼬불한 골목의 끝, 나는 다시 게스트하우스 청년의 빌 브라이슨적인 불평과 네덜란드 교수의 잘난 척 싸움을 피할 길 없는 그곳으로 발걸음을 돌렸다.

얼마 전 신문을 보니, 공산주의 체제에서 탈피한 지 25년 만에 불가리아 젊은이 대부분에게도 변화가 왔다고 한다. 불가리아 언론 《세가》가 여론조사 기관 알파리서치에 의뢰해 16~30세 남녀 1200명을 대상으로 벌인 설문조사 결과 94퍼센트가 '공산 시절을 거의 모른다'

고 답했다고 한다. '공산주의 체제'와 '고르바초프'도 부모 세대 일일 뿐 실감이 나지 않는 과거의 일이 된 것이다. 독일 베를린장벽 붕괴 이후 동유럽 공산 체제의 변화, 공산주의가 무너지던 당시 불가리아 공산당 지도자였던 토도르 지프코프 역시 책에서나 나오는 이야기일 뿐, 현재 불가리아 젊은이에게는 안중에 없는 역사책 속 이야기다. 소피아에 가본 지도 여러 해가 지났으니, 지금 그곳에 간다면 또다른 풍경이 펼쳐져 있지 않을까. 물론 맥도날드나 스타벅스 같은 익숙한 프랜차이즈 업소가 있기를 바라는 건 아니고, 그냥 불가리아가 유럽 최빈국이라는 수식에서는 벗어났으면 할 뿐이다.

병瓶이 병病이다
병

내 여행의 무게를 채우는 것은 병이다. 다른 문화에 대한 식견, 한층 폭넓어진 지식의 범위 대신 내 가방을 실질적으로 채우는 주범이 병이다. 음료를 마시고 난 후 남들은 가볍게 휴지통에 쏙 버리는 그 유리병을, 나는 참 신기하고 한심하게도 싸들고 온다.

변명할 틈을 달라. 세상엔 유리병이 너무 많고, 탐나는 유리병은 더 많다. 여성의 곡선을 따라 만들었다는 코카콜라 병의 유래를 봐도 알 수 있듯이, 유리병의 모양은 입구가 적은 것부터 넓은 것, 직선으로 뻗은 몸체부터 곡선형, 투명한 색부터 짙은 녹색, 하늘색, 짙은 밤색까지 색채도 사뭇 다양할뿐더러, 새겨진 글씨체도 다종다양하다. 아마 당신도 당장 로고가 태국어로 쓰인 코카콜라 병을 보면 매일 보던 코카콜라 병을 볼 때와는 딴판의 기분을 느낄 것이다. 그러니 버리지를 못하는 거다. 삼라만상, 병의 세계를 부정하는 건 내가 그걸 마시던 즐거운 순간을 부정하는 것처럼 불순해 보인다. 아마 하얀 우유에 빨간 마크, 병에 담긴 서울우유에 대한 향수가 시작이었을까. 두꺼운 유리병에 담겨 있던 고소한 우유 맛은 종이팩 우유와는 차원이 달랐다. 그러고 보니 나는 병 우유가 사라지고 나서부터는 우유를 멀리하기 시작했다. 다시 병 우유와 맞닥뜨린 건 1990년대 말 홍콩에서였다. 각종 외국 식료품이 즐비한 홍콩의 슈퍼마켓은 신세계였다. 냉장고 진열대에는 젖소가 그려진 200밀리리터 우유병에 우유가 곱게 포장되어 있었다. 여행 내내 우유를 사먹고 병을 고이 씻어 말린 후, 집으로 가져왔다.

병 수집에도 단계가 있다. 베를린에서 너나없이 즐겨 마시는 아프리콜라를 마시고 병을 고이 집어 오는 건 병 수집가로서 초보 단계다. 내가 마신 걸 내가 수거해 가겠다는데, 빈병 가지고 가는 것까지 말릴 주인은 없다. 그저 세면대로 가서 끈적끈적한 내용물을 깨끗하게 씻어내고 휴지로 돌돌 말아 가방에 넣어오면 된다. 넣는 즉시 가방의 무게가 늘어나는 걸 빼곤 큰 문제는 없다. 2단계는 내용물이 마시고 싶지 않아도 오로지 병을 위해 구입을 할 때다. 일본의 코도모비어를 사본다거나, 술에 그다지 애호가 없으면서도 특산물 술을 잘도 사댄다. '우웩'할 때도 많지만, 병은 남는다. 3단계는 마시기는 싫은데 그럼에도 병이 탐날 때다. 사서 마시면 될 것을 싶지만, 가끔은 목을 축일 여유 같은 게 없을 수도 있으니까. 뉴욕의 햄버거집을 지나갈 땐 상점 앞에 쌓인 빈병을 보고는 주인한테 대뜸 '하나 가지고 가도 될까요?'라고 물었다. 주인은 느닷없이 빈병을 보고 이런 요구를 하는지 2초쯤 생각하는 듯싶었다. 물론 병을 받아들고 나왔다. 사실 난 지구촌 곳곳에서 이 기부 요구를 여러 번 한 전적이 있다.

그럼 마지막 단계는? 나는 병 수집가로서 공항 검색대를 무색하게 만든 경험이 있다. 보라카이 슈퍼마켓에서 독일 맥주를 샀다. 여행 내내 마시지 않고 냉장고에 뒀다가, 떠나기 직전 아침, 짐을 줄일 요량으로 뷔페를 먹을 때 그걸 개봉했다. 짜잔~! 어찌할 도리가 없는 이상한 맛이었다. 아침부터 알코올을 다량 섭취하는 고생을 하고, 바보처럼 병을 부치는 짐에 넣지 않고, 검색대를 통과했다. 당연히 걸렸다. 공병 따위. 검색대 직원은 그걸 쓰레기통 옆에 밀어놓았다. 억울했다. 내가 저걸 어떻게 들고 왔는데. 한참 후 나는 다시 검색대에 가서 "혹시 저걸 짐 가방에 부치고 오면 안 될까요?"라고 물었다. 공항이라곤 하지만 간이휴게소처럼 생긴 보라카이 공항 직원들은 인심도 참 후했다. 난 검색대를 통과했고, 보라카이 공항 직원에게 상황을 설명했고, 이미 저 구석에 쌓여 있는 내 짐 가방을 찾아서 병을 부치는 데 성공했다.

보너스 단계로, 가끔 내용물이 있는 채로 병을 가져오는데, 예를 들면 빈티지 복각판으로 나온 환타는 병뿐만이 아니라 내용물이 함께 있어야 미적 최고치에 다다르기 때문이다. 그럴 땐 좀더 무게가 나간다는 사실, 혹시 병이 깨져 트렁크 내용물이 온통 끈적끈적한 환타 수해를 입지 않을까 비행 내내 걱정해야 된다는 사실을 알려둔다. 싱크대에 처박아둔 이 몹쓸 병! 병들

을 바라보며 생각한다. 난 언제쯤 이 '병'을 떨쳐낼 수 있을까. 그럼에도 이건 뉴욕의 노천카페

에서 가졌던 시간을 담은 병, 이건 보라카이의 아침을 망쳐버린 병, 또 이 병은 일본에서 기차

를 놓치고 구입한 병……. 무게가 늘어날 때 그렇게 원망스럽던 여행이, 풀어놓고 보면 그렇게

뿌듯할 수 없다. '내가 왜 더 많이 가져오지 않았을까' 후회하는 그런 무아지경에 빠진달까.

P.S. 최근에는 마음이 좀 바뀌어 언젠가 한꺼번에 공병으로 내놓을 궁리를 하고 있다.

4장

빈티지 세상을 꿈꾸다

벼룩시장의 작동 원리,
그리고 아멜리에의 장난감 깡통

물건이 많다. 좀 많은 게 아니다. 가끔 생각해보면 해도 해도 너무하다
싶다. 지인들이 제발 그만 좀 사라고 말릴 지경이다. 워낙 물건 모으기
를 좋아해서 어릴 때는 지우개 하나도 종류별로 사야 직성이 풀렸다.
물론 수중에 들어오는 순간, 지우개 본연의 목적은 사라진다. 그저 감
상과 수집용이다. 집에 올 때면 늘 손에 쇼핑백을 들고 오는 나를 보고
아빠는 엄마에게 '재밌는 아이'라며 "오늘은 어떤 물건을 사와서 자랑
을 할까, 들어오면 손만 쳐다보게 된다"며 즐거워하셨단다.

그렇게 사들이는 것만 많지, 그 많은 물건을 정리하는 데는 영 젬
병이다. 짐을 점검하는 건 어쩌다 대청소를 하겠다고 마음먹은 일 년
에 한 번 정도. 자주, 그래서 나는 『사라진 책들의 도서관』이라는 책에
나온, 책이 너무 많아 폭삭 내려앉은 집의 이야기를 떠올려본다. 가끔

은 정신을 차리자 노력도 한다. 복잡한 집안 정리에 도움이 될까 하여 정리의 달인 곤도 마리에의 에세이『인생이 빛나는 정리의 마법』을 독파하며 '설레는 물건을 빼고는 과감히 버리라'는 지침을 되뇌어보고, 인테리어 전문가 사카오카 요카의 에세이『새로운 인생을 사는 마흔 살의 정리법』을 읽으며 정리의 중요성을 깨닫기도 한다. 두 저자가 강조하는 공통점은 '정리'라는 것은 단순히 눈에 보이는 청결함이 아니라, 자신의 인생을 되돌아보고 새로운 계획을 세울 진취적인 의식이라는 점이다.

더러는 정리에 발동이 걸려 물건을 팔아보기도 했다. 카페에서 주최하는 빈티지 마켓에 판매자로 참여했고, 또 한번은 친구와 블로그에 반짝 벼룩시장을 열었다. 막상 판매를 결심하기까지 시간이 꽤 걸렸는데 두 가지 고민 때문이었다. 먼저 아깝다는 생각이 들었다. '언젠가 쓸지 모를 텐데' 내지는 '이걸 어떻게 구했는데' 하는 아쉬움이 발목을 잡았다. 마음이 약해지려는 찰나, 깔끔한 친척 집을 떠올렸다. 작은어머니는 "언제 쓸지 모른다고 남겨둔 물건은 절대 쓰지 않는다"는 지론에 입각, 웬만한 물건은 모두 버리셨다. 또다른 고민은 내가 쓰지 않아 파는 물건을 누가 살까 하는 걱정이었다. 오프라인 벼룩시장에 나가기 전에는 전날 새벽까지 트렁크에 물건을 담았다 뺐다 반복해야 했다. 한데 예상 밖으로 결과는 좋았다. 포장도 뜯지 않은 세계 각국의 전리품을 감상한 이들이 "이런 걸 어떻게 다 모으셨어요? 너무 좋네요" 하고 인사말을 건넬 때는 뿌듯한 마음까지 들었다. 블로그에서 내 옷을 여러 벌 산 구매자는 물건을 잘 받았다며 쪽지를 보내왔다. '어쩌면 이렇게 저랑 취향이 같으세요.'

반은 맞고 반은 틀렸다. 내놓은 옷 대부분은 그라피티 셔츠이거나 몸에 꼭 맞는 셔츠였는데, 따지고 보면 요즘 나는 프린트 셔츠를 즐겨 입지 않으며, 스몰 사이즈 옷은 맞지 않아 옷장에서 자리만 차지하는 중이다. 나이만큼 민망함이 늘었고 그래서 더이상 입지 못하는 옷이 생겼다. 그러니 구매자가 사간 옷은 엄밀히 말해 내 '지난 취향'의 소산이다. 예전이라면 좋아 보였던 것에 이제는 관심이 덜해졌고, 그러니 좀 망설여지긴 해도 결국 내놓을 수 있었다. 한때는 열렬히 사랑한 연인이었지만 이제는 지금의 남자 친구가 있기에 더이상 크게 연연하지 않는 존재 같다고나 할까. 나의 과거도 내 역사의 소중한 일부이니 서랍장에 넣어둔 사진처럼 가끔 꺼내어 추억할 수 있겠지만, 그런 감상은 어디까지나 지극히 가끔 있는 일이다.

벼룩시장은 이렇게 변심한 자신의 마음을 눈치챌 수 있는 거래 공간이다. 더는 모형 인형 따위 가지고 놀지 않겠다는 심정으로 통째로 장난감통을 가지고 나온 소년, 수년 동안 고집스레 모아왔을 우표책을 들고 온 배 나온 아저씨, 부엌장 한쪽을 차지했을 찻잔 풀세트를 과감하게 정리해온 아주머니⋯⋯. 모두가 그렇게 '한때의 취향'에 작별을 고한다. 서글픈 마음이 들지만, 감상은 집어치우고 그들이 다시 마음을 바꾸어 가격을 올리기 전에 협상을 시작하는 게 상책이다.

취향은 문득 바뀐다. 작정해서가 아니라 어느 날 아침 눈을 떴을 때 툭 하고 퓨즈가 끊기듯 안녕을 고한다. 어릴 적 두 살 터울 언니가 엄마에게 종이 인형 박스를 주고는 태워달라고 한 무용담이 떠오른다. 요즘처럼 인형에 절취선이 있는 것도 아닌 시절. 하나하나 정성들여 수작업으로 오린 종이 인형을 박스째 처분하겠다는 배포는 어디서 온 것일까. 누구나 자신의 언니에 대해서는 경외감이 있게 마련인데 난 이때부터 내 언니를 진정 나보다 언니라 여겼던 것 같다. 엄마는 하루 사이 더는 인형을 가지고 놀지 않을 만큼 성장해버린 딸의 요구에 기꺼이 화답했고(대체 이 모녀는 그 순간 왜 동생에게 그 물건을 물려줄 생각은 하지 않았을까!), 부엌에서 종이 인형 화형식을 거행했다. 나 역시 내 취향도 바뀔 수 있음을 깨달은 적이 있다. 일본 영화 〈전차남〉에서 '에르메스'만 쓰는 에르메스(나카타니 미키)의 집을 보면서 자잘한 소품들로 둘러싸여 정리조차 할 수 없는 『노다메 칸타빌레』의 노다메 집과 꼭 닮은 내 집을 돌아봤다. 에르메스 오브제를 주축으로 브라운 톤으로 정돈된, 절제된 그녀의 집이 순간 한없이 아름답게 느껴졌다. 아, 어른의 집이란 저런 통일감과 자제력으로 만들어지는구나! 물론 그간 저질러놓은 물건들이 너무 많고, 에르메스를 살 재력이 되지 않는 이유가 더해지면서 아직까지는 이 변심한 마음을 실행하지는 못하고 있다.

극명한 취향의 변화는 성장과 맞물리는 일종의 의식이다. 테리 쥐고프 감독의 영화 〈판타스틱 소녀백서〉에 나오는 '이니드도라 버치'는 고등학교를 막 졸업하고 소녀티를 벗는 중인데, 단짝인 '레베카스칼렛 요한슨'와 소원해지는 것도 이즈음이다. 화장실도 같이 갈 정도로 친한 친구에게 털어놓을 수 없는 고민이 생기기 시작한 나이. 갑자기 머리를 새파랗게 염색하고, 나이 많은 남자와 호기심 가득한 연애를 시작하는 일탈을 벌이던 이니드는 그즈음 야드 세일Yard Sale을 감행한다. 필요 없는 물건을 꺼내다 집 앞 마당에서 판매하는 야드 세일이나 차고 세일Garage Sale은 주택이 일반화된 미국에서는 흔히 볼 수 있는 물건 처리 방법이다. 팔 물건이 그만큼 있어야 하고, 차고 아니면 앞마당이라도 있어줘야 하니, 이사를 많이 다니고 마당이 없는 한국에서는 쉽게 볼 수 없는 풍경이었다. "다 팔아버릴 거야!"라는 다짐과 함께, 그때 이니드가 챙겨 나온 물건이 내겐 부쩍 자란 그녀의 마음처럼 느껴졌다. 한때 미친 듯이 열광했지만 이제는 떠나보내야 할 것들. 집 안에 있던 물건이 사명을 다하고 앞마당으로 나오기까지 20년의 시간이 걸린 것이다. 정리할 요량으로 들고 나왔지만 그게 또 뜻대로 되지는 않는다. 머리가 부스스해진 낡은 장난감 인형을 들고 "얼마냐"고 묻는 청년에게는 "그건 팔지 않는다"고 응수. 2달러도 안 되어 보이는 낡은 원피스를 사려는 여성에게 "500달러"라는 말도 안 되는 가격을 부르고서는 "내가 첫 섹스 때 입은 거라서"라며 까탈을 부린다. 다 판다더니 도대체 왜 그러냐고 레베카가 묻자, 구매자가 영 마음에 들지 않는다는 이유였다고 둘러댄다. 비록 마음은 떠났지만, 내 지난 취향에 일말의 존중이 없다면 그 사람에게 소중한 추억을 헐값에 팔지 않겠다는 의지가 엿보이는 대목이랄까.

어릴 적 이사 가던 날 팬시 편지지와 메모지를 한데 모아둔 상자를 잃어버렸다. 그때 하도 울어서 엄마가 크게 핀잔을 하셨던 기억이 난다. 영화 〈아멜리에〉에서 누군가 잃어버린 장난감 상자를 찾아주는 '아멜리에'의 선행을 보고선 정말 완전히 잃어버렸다고 생각한 물건을 누군가가 고스란히 찾아주는 행운이 온다면 얼마나 좋을까, 그 에피소드가 그렇게 감동적일 수 없었다. 몇 해 전 칸국제영화제에 갔다가 아멜리에를 연기한 오두리 토투를 만났다. 귀엽고 밝은 이미지

로 〈아멜리에〉가 개봉했던 당시 인기가 전성기의 맥 라이언을 떠올리게 했던 그녀였는데, 어느새 이제는 깜찍함보다는 중년의 연륜이 느껴졌다. 생각해보니 그 사이 〈아멜리에〉의 장난감 깡통 에피소드를 향한 내 감흥도 줄어들었지 싶다. 메모지 상자도 그렇다. 그때는 이사를 진두지휘한 아빠 때문이라며 철없이 원망도 했는데, 뭐 그럴 필요가 있었나 싶다. 사람이나 물건이나 만날 때도 있지만, 결국 언젠가는 떠나보내야 할 시간도 온다. 많이 섭섭하지만, 시원하게 작별을 고하는 아량을 매순간 이렇게 조금씩 연마하는 것 같다. 이 경우의 변심은 배신과는 다른, 나이가 들고 자라면서 서서히 변해가는 내 각각의 시절과의 작은 안녕이 아닐까.

아멜리에의 장난감을 받은 사람은 아직까지 그 상자를 가지고 있을까? 잠깐 과거의 한때를 상기하고, 그 물건을 벼룩시장에 내놓지는 않았을까. 그리고 마지막으로 다시 내 티셔츠를 구매해간 그녀의 문제로 돌아온다. 어쨌든 그녀와 나는 취향의 시기가 달랐던 덕에, 서로 행복할 수 있는 판매자와 구매자의 관계를 맺을 수 있었다. 벼룩시장이 무수한 세월을 거치면서도 여전히 많은 사람의 사랑을 받는 작동 원리도 여기 있다.

나가오카 겐메이, 그리고
'신상' 부추기지 않는 사회

겨울이다. 패딩 전쟁이 시작됐다. '노스페이스'로 촉발된 패딩의 난은
이제 춘추전국시대로 접어들었다. 부모의 등골을 빼간다는 '등골 브
레이커'로 악명 높았던 노스페이스는 100만 원을 호가하는 캐나디안
구스 패딩 앞에서 꼬리를 내렸다. '직구 열풍'에 뒤이어 급기야 마트
에는 70만 원대 세일중인 캐나다 구스가 풀렸고, 세일 상품을 사려는
사람들로 아비규환이 된 마트 풍경이 저녁 뉴스를 장식했다. 짝퉁도
활개를 쳤다. 왼쪽 어깨에 박힌 견장의 지도가 다른 10만 원대~30만
원대 짝퉁이 쏟아져나왔고, 캐나디안 구스 본사에서는 강력 대응하
겠다는 방침이 내려왔다. "따뜻함, 따뜻함, 따뜻함이 최고죠. 이런 패
딩 하나 있어야 겨울 납니다." 유독 춥지 않았던 이상 기온이 왔던 지
난겨울, 한국 사람은 모두 헬싱키의 매서운 추위를 겪어도 모자람 없

는 월동 준비를 했다.

그러더니 이제는 또 사정이 달라졌다. "그런 곰 같은 패딩을 입고 서는 어디 들어가기나 하겠어요?" 홈쇼핑 쇼호스트가 초겨울부터 호들갑이다. 이젠 허리가 잘록한 패딩, 몸에 피트가 되는 버버리 스타일 패딩을 입어야 뭘 좀 아는 여자라고 한다. 그러고 보니 각종 사이트에서 똑같은 디자인의 패딩을 초겨울부터 봐왔다. 물정도 모르고, 디자인이 예쁘다 했더니, 역시나 200만 원이나 하는 버버리 디자인을 카피한 상품이었다. 명품 신상 정도는 재깍재깍 알아야 짝퉁 대열을 피할 수 있는 시대다. 물론 기업은 제품을 만들고, 제품은 소비가 되어야 정상이다. 그러니 팔려는 자의 안달을, 열정을, 애정을 나 역시 이해한다. 하지만 기백만 원을 호가하는 패딩을 1년마다 유행 따라 갈아치우는 건 과도한 조급증이다. 멀쩡한 제품이 이렇게 유행에 뒤처진 디자인이라는 오명을 쓰고 나뒹굴어가는 겨울의 속내. 그래서 더 춥다 추워.

나가오카 겐메이를 만난 건 이렇게 하루가 멀다 하고 버려지는 상품을 접하며 우울해하고 있던 때였다. 그의 직함이 재밌다. 디자인을 하는 '디자이너'가 아니라 '디자인 활동가'다. '무인양품無印良品' 디자이너로 유명한 하라 켄야의 디자인연구소 설립에 참여하며 직접 디자이너로 활동하던 그는 1997년 다니던 회사를 그만두고 생활용품 상점인 '디앤디파트먼트D&DEPARTMENT' 사업을 시작했다. 쓰레기 더미 가운데 좋은 디자인의 물건을 되살리는 일이라 하여 그는 자신의 활동을 '디자인 구조 작업'이라 명명했다. 새로운 디자인에 대한 창의력을 발휘하는 대신, 내쳐진 디자인을 발굴하는 그의 작업은 디자이너 자격 기준에서 본다면 게을러 보인다. 갓 태어난 따끈따끈한 신상, 새로운 디자인을 내놓는 대신 나이 든 디자인을 되살려보자니. 이거 참 별종인 제안이다. 디자인에도 일종의 수명이 있다는 것인데, 그의 기준에 따르면 좋은 혹은 올바른 디자인을 갖춘 물건이라면 응당 긴 수명을 누릴 자격이 있다. 대다수가 거들떠보지 않는 '나이 든' 디자인을 되살리는 프로젝트를 두고 그는 '롱라이프 디자인'이라고 명명했다.

그가 오래된 도쿄의 재활용품을 찾아다니며 작업을 시작한 이래, 15년이 지난 지금은 일본 전역에 디앤디파트먼트 매장이 즐비하다. 초창기에는 잡동사니 틈바구니, 일명 '디자인의 묘지'에서 쓸 만한 물건을 하나둘 매입해 녹을 털고, 물로 씻어내고 다시 나쁜 부분을 고치면서 시작한 사업이었다. 남이 쓰던 물건은 꺼림칙해하는 시선 때문에 고충도 많았지만, 직접 깨끗하게 손질해 사용하는 모습을 선보이면서 그런 반응도 사그라졌다고 한다. 디앤디파트먼트는 카페와 결합된 중고 판매점으로 개념을 확장해나갔고, 이제는 중고품을 매입하고 판매하는 일 외에도 지역의 디자인 제품을 발굴하고 소비자에게 장인을 조명하는 사업도 병행하고 있다. 2013년 11월 이태원에 디앤디파트먼트 서울 지점이 문을 열었으며, 2014년에는 교토에도 매장을 열며 꾸준히 성장중이다.

나는 본능적으로 나가오카 겐메이에게 열광했다. 도쿄 매장에 들러서는 중고 제품과 지역 장인이 만든 그릇을 사오고, 디앤디파트먼트의 주요 품목인 1960년대 디자인 제품 복각을 모티브로 한 '가리모쿠60'의 가구를 사고 싶어 안달복달했다. 이곳 카페에 놓인 가구는 모두 가리모쿠 가구이니 식사를 하면서 맘껏 분위기를 즐길 수 있다. 디앤디파트먼트 한국 지점을 운영하는 브랜드 'mmmg' 대표 유미영씨의 초대로, 나가오카 겐메이가 서울에 왔을 때는 직접 만나 그의 디자인 철학을 조금이라도 느껴볼 기회를 얻었다. 마침 두번째 서울 방문 때 그는 저서 『디앤디파트먼트에서 배운다, 사람들이 모여드는 '전하는 가게' 만드는 법』 출간 기념행사를 열었는데, 찬찬히 책을 읽다가 매장 디스플레이 부분에 이르러서는 '이 사람 생각보다 더 괴짜네, 괴짜' 싶어졌다. 판매자라면 모름지기 어떻게 해서든 물건을 좀더 멋지게 보여주어야 할 상황에서, 그는 직원에게 "손님의 충동구매를

부추겨서는 안 된다"는 지침을 내린다고 한다.

사정인즉슨 이렇다. '간혹 엉뚱한 곳에 화려한 꽃이 놓이기도 합니다. 물건을 좀더 멋지게 꾸미고 싶은 마음에서 그랬을 것입니다. 하지만 그것은 이미지로 물건을 파는 것입니다. 그러면 물건과 손님의 관계가 오래가지 못합니다. 우리는 구매를 하려는 손님에게 "사지 않는 편이 좋겠습니다"라고 말하는 경우도 있습니다. 괜한 참견인지도 모릅니다. 하지만 충동구매한 물건에는 생각이 들어 있지 않고, 분명 애착도 생기지 않을 것입니다. 곧바로 버리거나 다른 사람에게 줘버릴지도 모릅니다.' 이래서야 물건을 팔겠다는 걸까 팔지 않겠다는 걸까. 충동구매가 취미인 나로서는 이해되지 않는 처사다. 아니나 다를까, 지인이 뒷이야기를 들려준다. "그래서 디앤디파트먼트는 장사가 안 된대. 수익 구조를 맞추기 힘들다는 거야. 결국 판매로는 이익이 안 되고, 각종 강연이나 출판 등 디자인 철학 전파를 통한 수익금으로 가게를 운영하는 게 현실이라고 하더라고."

그러거나 말거나, 나가오카 겐메이의 철학은 흔들림이 없어 보인다. 그는 여전히 좋은 디자인이란 무엇인가에 대한 고민을 하기만으로도 바빠 보인다. 잘 팔리는 것에 대한 욕심도 그의 디자인 필터를 통해서 보면 부질없는 요소다. 일반 기업에서 상품이 유행하면, 절제를 못하고 상품을 제작하고 결국 디자인 사이클 붕괴로 이어지는 것에 대해 그는 경고한다. 하나의 디자인이 유명세를 치르는 상황에도 부정적이다. 한때 디앤디파트먼트를 찾는 사람의 목적이 가리모쿠60 가구를 찾아서 가던 때가 있었다. 몰려드는 고객을 보고 그는 1960년대 가구가 '빈티지 유행'이라고 생각해 한때만 각광받는다면, 결국 롱라이프 디자인 철학에는 위배된다고 선언했다.

인터뷰에서 그는 절대 버릴 수 없는 디자인에 대해서 이렇게 말했다. "이야기다. 내력이 있는 것은 버릴 수 없다. 물건이 탄생한 배경이나 어떤 사람이 어떠한 생각으로 만들고 팔고 있는가. 이러한 이야기가 보이는 것은 버리지 않는다고 생각한다." 유행이 지나서 홀대받던 모든 디자인을 지원사격해주는 키다리 아저씨가 여기 있었다. 물론 키는 그리 크지 않지만.

치노 오츠카,

과거의 나를 찾아가는 여행

사람들에겐 저마다 슬픈 영화 목록이 있고, 영화를 고른 이유도 제각각이다. 내게 가장 슬픈 영화 장면을 꼽으라 한다면, 주로 영화의 마지막, 영화 속 인물이 과거의 한 장면으로 들어가는 장면으로 수렴된다. 그 대목에서 수도꼭지 틀어놓듯 눈물이 철철 흐른다. 이까지 덜덜 떨며 울었던 〈타이타닉〉에서 나를 가장 못살게 만든 결정적 한 컷은 레오나르도 디카프리오가 배가 기울기 전 파티를 하던 화려한 타이타닉 호 계단을 오르며 사람들과 다시 만나는 마지막 장면이었다. 박흥식 감독의 영화 〈인어공주〉에서 딸 전도연이 엄마의 과거로 들어가서 단체 사진을 찍는 마지막 장면이나 성인이 된 '내'가 초등학교 5학년 때 아이들과 조우하는 지브리 애니메이션 〈추억은 방울방울〉의 맺음은 말할 수 없을 정도로 짠하다. 맷 데이먼이 나오는 영화 〈우리는 동물원을 샀다〉에서 홀로 남겨질 남편이 못 미더워 비자금까지 남기고 간 아내는, 죽은 후 아내를 잃고 혼란스러워하던 남편 앞에 판타지 장면으로 나타난다. 영화 〈지금 만나러 갑니다〉나 〈고스트 맘마〉에서도 죽은 엄마가 잠깐이나마 가족을 만나러 찾아오는 판타지 장면이 등장한다. 영화 〈러브 레터〉의 마지막 장면은 그런 맥락에서 무척 슬픈 결말이다. 같은 반 소녀 '후지이'를 너무 사랑했던 동명의 소년 '후지이'는 도서관 독서 카드 뒷면에 소녀 후지이의 얼굴을 그려뒀는데, 그 카드는 결국 그녀를 사랑한 소년 후지이가 죽고 난 한참 후에 발견된다.

어찌 보면 뻔한 노림수에 나도 참 잘 걸려든다. 다시 돌아갈 수 없는 비현실적 순간을 불러오는 판타지 장면은 엄밀히 말하면, 영화의 진짜 마지막 장면이기보다는 감상을 부추길 요량에서 마련된 에필로그 장면에 가깝다. 일종의 사족이다. 최루성 영화에는 워낙 빈번히 등장하는 탓에 그다지 새롭지도 않다. 그럼에도 내 감정은 이런 장면을 볼 때마다 속수무책이 되어버린다. 뻔한 공포 영화의 사운드 효과에 놀라거나, 동물을 키우는 친구들이 작품의 완결성과 관계없이 반려견의 죽음에 펑펑 눈물을 흘리는 비슷한 상태랄까.

가끔 영화의 에필로그 컷처럼 나도 한번 그 공간으로 가보고 싶을 때가 있다. 옛날 사진 속 특정 장소로 말이다. 어린이대공원에서 엄마가 찍어준 사진 속으로 들어가 플라스틱 곰돌이 물병과 돗자리, 삼단 찬합을 쏙 빼내서 들고 오고 싶고, 여름날 도봉산 계곡에서 찍은 사진 속 더위를 느끼며, 돌아가신 외할머니와 함께 대화를 나눠보고도 싶어진다. (믿기지 않겠지만) 한강에서 수영이 가능했던 1970년대. 아빠와 함께 벌벌 떨면서 물속에 들어가 찍었던 기념사진 속 그곳, 버드나무가 늘어서 있고, 사카린이 들어간 보리 물을 팔던 한강변으로 가보고도 싶다. 꽃으로 장식된 촌스러운 수영모와 비키니 수영복도 거기에서라면 '잇' 아이템이겠지. 사진을 찍으면 모두 인화해서 차곡차곡 앨범에 끼워놓던 시절, 프린트지 뒷면에 빼곡하게 쓰인 '100년 사진 코니카 필름'의 빈티지한 색감으로 그렇게 들어가고 싶다. 50원짜리 쭈쭈바가 담긴 '냉장 통'이 있는 1980년대 상점으로 간다면 한 개 5천 원을 주더라도 기어코 사 먹고 말 테다.

허무맹랑해 보이지만, 이런 바람을 가진 사람이 나 말고도 많은 것 같다. 일본의 미디어 아티스트 치노 오츠카Chino Otsuka의 창작의 소재는 '과거'다. 사진집 『Imagine finding me』에서 치노는 어릴 적 사진첩을 꺼내 그곳에 현재의 자신을 배치하는 시간 여행 작업을 한다. 2005년 현재의 '나'가 1982년 파리의 빵집 앞에 서 있는 어린 소녀인 '나'와 조우한다. 때로 과거의 나와 현재의 내가 공원의 벤치 하나를 함께 나눠 앉고, 함께 강을 바라보는 뒷모습을 포착하며, 예쁘게 기모

노를 차려입고 함께 서 있기도 한다. 눈이 펑펑 쏟아지는 겨울날, 소녀가 만들었을 것 같은 눈사람과 찍은 기념사진 옆에 슬그머니 서서 추억을 공유하기도 한다. 반바지 차림으로 기차 앞에서 기념사진을 찍은 소녀 시절의 '나' 옆에 어른의 '나'가 트렁크를 가지고 가서 서 있을 땐, 마침 기차가 출발하려는 찰나라 함께 여행이라도 떠날 것 같은 기분이 든다. 인상적인 SF 영화 〈루퍼〉에서는 현재의 '나'인 브루스 윌리스가 과거로 돌아가, 어린 나인 조셉 고든 레빗을 죽이려 하는 과격한 상상을 전개하지만, 치노의 프로젝트는 지난 과거를 향한 그런 적극적 개입과는 거리가 멀다. 현재의 치노는 과거의 치노와 같은 공간에 있지만, 때로는 한 방향을 같이 보고 서 있기도, 아주 다른 방향으로 서서 어린 치노와는 별개의 방관자처럼 위치하기도 한다. 20여 년이라는 간극이 주는 세월 때문일까. 과거의 나와 현재의 나는 동일인이라기보다는 마치 엄마와 딸 혹은 이모와 조카에 가까워 보인다. 사진집의 시작에는 '만약 내가 과거의 나를 만날 기회가 있다면 물어볼 말도, 할 말도 부지기수다'라고 적혀 있다. 치노의 제안처럼 정말 내가 과거의 어린 '나'에게 그때의 심경을 물어보고 대화를 한다면 나는 어떤 질문을 준비해야 하고 과거의 나는 어떤 대답을 할까? 지금까지 인터뷰를 했던 감독과 배우를 통틀어 어떤 인터뷰이보다도 까다로운 적수를 만났다는 기분이 든다.

치노의 작업이 알려진 건 '요즘 포토샵 기술이 엄청나다'는 게 기사화되면서다. 하지만 나는 작업의 핵심이 결코 기술 문제라고 생각하지 않는다. 지금처럼 포토샵이 발전하지 않았다면 그녀는 아날로그 방식이라도 동원해 프로젝트를 완성했을 거라고 생각한다. 그녀가 과거를 찾아 나선 건 단순히 기술적 호기심 이상의 세계관으로 가 닿는 문제다. 그건 내가 누구인지, 나는 어떤 생각을 하며 살아 지금의 내가 되었고 여기까지 왔는지에 대한 아주 진솔하고도 절절한 정체성의 고찰이다. 최근 『Imagine finding me』 사진집에 이어 과거의 방문지를 찾아서 떠나는 새로운 프로젝트를 시작한 그녀는, 홈페이지에 '기억의 미로를 찾아, 내 역사의 여행자가 되려고 한다'는 말로 또다른 작업의 여정을 알려왔다. 과거의 공간을 찾아가서 그녀가 또 어떤 감흥을 얻고 올지 궁금하다. 이참에 나도 어릴 적 살았던 동네를 한번 가봐야지, 하고 마음먹어본다.

비밀의 문을 찾는 일

낯선 세계로 들어서는 영화야 많고 많다. 차이의 시작은 현실과 상상 세계를 이어주는 '입구'에 있다. 어떤 문을 설정했느냐에 따라서 창의 성이 돋보일뿐더러 당연히 모험의 강도도 배가되기 때문이다. 내 생애 첫번째로 충격적이었던 영화적 입구는 책을 뚫고 환상의 세계를 여행하는 판타지 영화 〈네버엔딩 스토리〉의 입구였다. 혹시나 영화 속 주인공처럼 나도 들어갈 수 있을까 하는 마음에 눈이 충혈될 때까지 책장만 노려보던 시절이 있었다. 미야자키 하야오 감독의 〈센과 치히로의 행방불명〉을 보고는 소녀 치히로를 판타지 세계로 인도해준 온천장에 탄복하며 오래된 일본 온천장을 바쁘게 검색했고, 테리 길리엄 감독의 기괴한 상상력이 공분을 샀던 〈파르나서스 박사의 상상극장〉 속 모험의 시작이 이동식 서커스 극장의 무대 뒤인 것을 보고는

'어릴 적 공원에 왔던 동춘서커스단 공연이라도 갈걸' 하고 후회했다. 〈해리 포터〉 시리즈의 서막을 연 〈해리 포터와 마법사의 돌〉을 보고 난 후는 말해 무엇하랴. 당연히 지하철 기둥이 달리 보일 수밖에. 기예르모 델 토로 감독이 연출한 〈판의 미로-오필리아와 세 개의 열쇠〉는 그중에서도 그 상상력이 가히 델 토로적이라 할 정도로 기가 차게 멋진 입구를 자랑하는 영화다. 스페인 프랑코 독재 시절, 만삭인 엄마를 따라 엄격한 군인인 새아버지 집으로 오게 된 어린 소녀 오필리아는 지하 세계의 요정 판을 만나는 기이한 모험을 겪게 된다. 델 토로가 어떻게 오필리아를 판타지 세계로 안착시켰냐고? 시시하게 문 따위는 없다. 어디든, 마음먹고 마법의 분필로 그리기만 하면 문이 생긴다. 이런 기발한 양반 같으니라고!

장소와 물건 '너머'에 유독 민감한 내게 '입구'는 절대적 호기심 대상이다. 내가 찾는 입구는 거창한 판타지 세계는 아니고 색다른 빈티지 물건을 조달해주는 제법 현실적인 문이다. 한번은 마카오에서 사오지 못한 물건이 못내 아쉬워 마침 그곳에 가는 후배에게 부탁을 한 적이 있다. "그러니까 마카오 성당을 향하는 계단으로 올라가지 말고, 그 옆으로 들어가면 계단 아래로, 구석이긴 한데 말이지……." 유적지 옆에 웬 가게. 비현실적으로 들리겠지만, 진짜 있다. 유명 에그타

르트 가게도 못 찾는 소문난 길치인 나지만 귀신같이 이런 데는 꼭 찾아낸다. 내가 그린 지도를 들고 가 미션을 수행하고 온 후배는 "도대체 마카오에서 그런 데는 어떻게 알아가지고"라며 폭소했다.

도쿄 아사쿠사의 옆문으로 나가면 시간이 멈춘 듯한 오래된 동네가 나온다. 감독이자 배우인 기타노 다케시가 가난한 유년기를 보낸 곳, 가부키쵸 극장과 옛날식 놀이공원이 남아 있는 그곳에 노파가 운영하는 장난감 가게가 있다. 낡고 좁은 입구만 봐서는 제대로 물건을 구할 수 있다는 생각 자체를 차단해버리는 상점인데, 실상은 희귀 물건의 보고라 할 수 있다. 이곳 물건은 쌓이다못해 겹겹이 진을 치듯 들어차 있는데, 적당한 분류나 구획의 기회를 얻지 못한 지난 물건이 새 제품이 올 때마다 무참히 밑에 깔려버리는 형국이다. 아마 맨 밑에 깔린 물건을 구경한 건 어린 기타노 다케시 정도가 아닐까.

이곳은 여느 가게처럼 문 앞에 카운터가 있는 게 아니라 긴 구조로 이루어진 가게의 끝에 카운터가 있다. 노파가 앉아 있는 의자 뒤에는 입구의 볕이 채 와닿지 않아 대낮인데도 어두컴컴하다. '이찌하나, 니둘, 산셋, 시넷, 고다섯, 로꾸여섯……' 손님은 개의치 않고, 물건을 세는 데만 여념이 없는 비장한 노파를 살피는 동안 이 가게에도 분명 '입구'가 존재하리라는 직감이 들었다. 가게 안은 영화 〈찰리와 초콜릿 공장〉의 초콜릿 세상처럼 단종된 빈티지 장난감이 산과 바다를 이

루고 있는 풍경.

일본 추리 소설계의 '자판기'(흔히 쓰는 대가라는 말 대신 이런 표현을 붙여보았다. 하도 작품을 빨리 많이 생산하는 작가니, 당연히 좋은 의미로 말이다.) 히가시노 게이고가 늘 주목하던 살인, 추리 이야기 대신 웬일로 판타지 소설을 쓴 적이 있다. 『나미야 잡화점의 기적』의 배경은 30여 년간이나 비어 있던 교외의 잡화점이다. 30년 전 물건이 먼지를 덮어쓰고 있는 그곳에 삼인조 좀도둑이 드는데, 이들은 상점에서 과거로부터 온 고민 상담 편지를 받게 된다. 물건을 훔치러 온 도둑이 '시험을 잘 보려면 어떡하죠?' 같은 소박한 질문부터 '시한부 남자 친구를 놔두고 내 꿈을 좇아 올림픽 경기에 출전해도 될까요?' 같은 중차대한 연애 상담까지 해주는 훈훈한 내용이라니 사뭇 심심하긴 해도, 가게 입구에 만들어놓은 '통로'를 통해 과거의 고민과 현재의 상담이 활자로 오간다는 환상적인 공간학적 콘셉트만은 오래 담아두고 싶다.

벨기에 출신 작가 에르제의 동화를 바탕으로 만든 영화 〈틴틴: 유니콘호의 비밀〉에서 스티븐 스필버그 감독은 벼룩시장에서 모험을 시작한다. 탐구 정신이 충만한 기자 틴틴은 유럽의 돌바닥에 펼쳐진 벼룩시장에서 유니콘호 모형을 사고, 비밀을 간직한 유니콘호는 급기야 그를 대규모 판타지 영화의 주연이 될 모험담으로 이끌어준다. 알랑 그스포너 감독의 영화 〈릴라 릴라〉에서는 벼룩시장에서 사온 낡은 책상의 서랍이 문이 된다. 낑낑대고 서랍을 열었더니 그 속에 원고 뭉치가 있고, 그 원고가 알고 보니 엄청난 내용의 소설이었으며, 되는 일 하나 없던 남자는 그 원고를 자기가 쓴 양 발간해 유명 작가로 명성을 떨친다. 물론 비밀을 안 훼방꾼이 찾아오면서 남자의 행운이 공포로 치환된다는 무시무시한 결말은 잠시 잊어도 좋다. 소설 『페러그린과 이상한 아이들의 집』은 돌아가신 할아버지가 남긴 괴상한 빈티지 사진이 소년 제이콥을 환상의 세계로 인도하는 문으로 작용한다.

중요한 것은 결국 문을 곧이곧대로 문 그대로의 형태로 규정지어서는 죽도 밥도 안 된다는 점이다. 특히 벼룩시장에 간다면 이런 환상의 입구가 도처에 매우 다른 형태로 널려 있다는 걸 예의 주시해야 한다. 그럼에도 입구를 찾지 못한다면 오필리아의 마법 분필 같은 극약 처방이라도 써보든가. 가령, 남이 찾아 잘 정리해둔 '지역 벼룩시장 소개 사이트'가 기적의 분필에 해당한다고도 볼 수 있다.

조화를 꿈꾸다

바르샤바에서 지나가던 청년에게 길을 물었다. "여길 가려는데 어떻게 가야 하나요?" 청년이 너무 멋져서 대화할 구실이 필요했는데, 때마침 인포메이션 센터에서 집어온 첨단 건물의 이미지가 내 손에 들려 있었다! 이렇게 독특한 건물이 바르샤바인인 그에게도 생소할 수 있을까, 한참 지도를 들여다보던 그가 말했다. "아, 이건 아직 짓지 않은 건물이에요.(웃음)" 3D 조감도를 보고 길을 물었으니 흑심을 들킨 것 같아 민망해졌다. 그후 파리 파테 재단Pathé Foundation 본사 사진을 보고 바르샤바에서의 기억이 떠올랐다. 절대 이런 건물이 실재할 리가 없어. 꿈틀거리는 금속 달팽이 같은 유기체가 파리의 고풍스러운 건물 틈을 헤집고 나가는 모습은 흡사 SF영화 한 장면을 보는 것 같았다. 과연 이곳이 실재할까? 백 년 후 파리의 모습을 가상으로 만든다면 가능하지 싶었다. 파리한국영화제 조직위원장으로 일하는 유동석씨에게 사진을 보냈다. "파리에 이런 건물이 있어요? 본 적이 없는데요." 파리에서 10년을 산 그도 모르니 '역시' 하는 찰나 그가 대답한다. "아, 지금 짓고 있는 건물이네요."

그후 그에게 한국영화제 소식보다 이 건물의 증축 현황을 더 자주 캐냈다. 그러던 어느 날 그로부터 "드디어 완성이네요"라는 메시지가 왔다. 2006년 시공에 들어가 2014년에 완성했으니 8년에 걸친 작업이다. 파테 재단은 1896년 설립된 프랑스 TV 영화 제작, 배급사다(프랑스 여배우 레아 세이두가 영화 〈미션 임파서블: 고스트 프로토콜〉에 나왔을 때 이 촉망받는 신예 배우가 파테 회장 제롬 세이두의 손녀로 알려져 화제가 되기도 했다). 독특한 건물의 정체는 바로 파테 영화사의 오랜 역사를 놓치지 않고 보존해줄 심장이다. 로댕의 부조가 있는 입구로 들어서면 2층 건물에 극장과 컬렉션 자료를 보관하는 아카이브, 특별 전시장, 영화 카메라 전시장, 연구자를 위한 공간이 갖추어져 있다. 건물을 설계한 이는 건축계의 노벨상인 프리츠커상을 수상한 이탈리아 건축가 렌조 피아노Renzo Piano다.

렌조 피아노의 배짱이 궁금하다. 고풍스러운 건물만으로 이미 완성형인 파리 한복판. 도대체 그는 무슨 생각으로 이토록 미래의 하이테크 건물을 설계한 것일까. 도시 지형이 이 건물 하나로 온전히 달

라진다. 그가 설계한 파리의 조르주 퐁피두 센터도 실험적이었지만, 그 건물은 주변 건물과 거리가 있어 독립된 공간을 확보하고 있었다. 하지만 건물 사이에 마치 생명을 가진 유기체처럼 번식하는 모양새를 가진 파테 재단의 건물이라면 얘기가 달라진다. 주변 건물과 합의는 어떻게 이루어졌고, 파리의 엄격한 건축 규제법에는 어떻게 저촉되지 않았으며, 일조권 보장은 어떻게 풀어나갔을까. 조감도만 보고 이런 파격적인 설계를 승낙한 건축주는 또 어떻고. 렌조 피아노의 답변에서 그의 도시 철학이 드러난다. "역사적인 도시의 블록에 새로운 건물을 투입한다는 것은 기존에 있는 건축물과 대화를 한다는 것을 의미한다." 그러고 보니 이 건물은 정면에서 보이는 우뚝 솟은 머리 부분을 제외하고는 애써 제 모습을 돋보이듯 드러내지 않는다. 그래서 정면에서 사진을 찍으면 이 건축 디자인의 위용을 느낄 수 없다.

도심의 역사에 성공적으로 안착한 파리의 새 얼굴을 보면서 한국에 새 건물이 들어설 때마다 가해졌던 비난이 떠올랐다. 나 역시 이라크 출신 건축가 자하 하디드Zaha Hadid가 설계한 동대문디자인플라자DDP를 보고 '곧 우주로 날아갈 모양새' 같다며 웃었던 기억이 난다. 건축영화제에서 일했으며, 이 방면에선 상당한 정보를 자랑하는 지인 역시 확인사살을 보탰다. "이 정도 저명한 건축가가 설계한 건물이라면《뉴욕 타임스》에 소개되어야 하는데, 이 건물은 그렇지 않거든. 그만큼 자하 하디드의 작품에서도 중요도가 없다는 거지." 오스트리아의 유명 건축가 울프 프릭스Wolf D Prix가 설계한 부산국제영화제 전용관 '영화의 전당'에 들어서던 날, 나는 주변과 조화를 이루지 못한 해체주의 건물이 불편했었다. 종로의 피맛골을 불도저로 밀듯이 싹 정리하고 들어선 그랑 서울은 '디자인 서울'이라는 슬로건 아래 도시를 획일화하는 것 같아 거들떠보기도 싫었다.

　서울시청 신청사가 오세훈 전 서울시장의 전시 행정과 서울 시민의 치부로 공격당하고 있을 때쯤, 신청사 건립 과정의 우여곡절을 담은 다큐멘터리〈말하는 건축 시티: 홀〉을 봤다. 무작정 비난하기 전에 객관적 시선을 견지해보자는 시도였다. 정재은 감독은 전체 건립 과정 중 1년여를 400시간의 기록으로 담았는데, 시공사, 건축가, 문화재청 인터뷰를 통해 집중 탐구했다. 이 다큐멘터리는 결국 '시청'이라는 건물이 시설 하나가 아니라 우리 사회를 둘러싼 정치와 행정, 역사적 관점의 차이, 가치를 반영한 상징물임을 설파한다. 진통 끝에 태어난 건물의 탄생 과정을 보는 것은 신청사를 서울의 거리를 해치는 방해물로만 여겼던 시각에 또다른 이해를 주는 계기가 됐다. 나는 인터뷰를 한 후 정재은 감독에게 '고맙다'고 말했다. 적어도 한 번쯤 이 건물의 미래를 생각해보기로 마음을 고쳐먹었기 때문이다.

1889년, 프랑스 혁명 100주년을 기념해 에펠탑이 들어서자 '파리의 흉물'이라며 거세게 반대하던 작가 기 드 모파상이 정작 완공 후 에펠탑 카페에서 글을 쓰던 걸 보고 사람들이 기가 막혀 물었다고 한다. "그렇게 반대를 하더니, 이렇게 잘도 이용하시네요." 그의 대답이 걸작이다. "에펠탑이 안 보이는 곳은 이곳뿐이라서." 지금은 파리의 상징이 된 에펠탑을 향한 시선이 당시에는 이렇게 무시무시했다. 1900년대 프랑스 만국박람회를 위해 만들어진 통유리로 된 획기적 건물은 또 어땠을까. 1895년 뤼미에르 형제가 만든 세계 최초의 영화 〈기차의 도착〉에서 기차가 들어오는 화면을 보고 혼비백산 자리에서 도망쳤다는 최초의 영화 관객처럼, 처음 그 건물을 접한 당시의 사람은 이 통유리 건물을 흉물스럽고 이상하기 짝이 없는 존재로 여겼다고 한다. 그렇게 길게 보면 내가 변화를 받아들이는 데 인색한 것은 아닐까 싶다. 언젠가 서울에서 살아가게 될 내 자손은 DDP도 그랑 서울도 신청사도 모두 서울의 건축물로 인정하게 되는 걸까? 이렇게 말은 해도, 아직까지는 시청만큼은 받아들이기가 조금 힘들다.

마침 〈말하는 건축 시티: 홀〉에 출연했던 한 건축가를 사석에서 만났다. 신청사가 서울과 조화를 이루기까지, 시민이 그 새로움을 받아들이기까지는 몇 년의 시간이 필요할지 그에게 물었다. 해외 건축가의 참여로 도시 지형을 바꾸는 지금 현재, 서울의 모습을 우리가 어떻게 받아들일 수 있을지에 대한 물음이기도 했다. 그는 말했다. "전통이 있어야 그 바탕에서 변화와 새로움을 가져올 수 있죠. 애초 모든 걸 부수는 개발 경제 아래서 근대화를 겪은 한국은 전통의 건물이 존재하지 않아요. 과거와 연결해서 가져갈 유산이 없으니 새로운 건물 역시 조화의 지점을 찾지 못하고 방황할 수밖에요." 그래, 새것은 옛것의 토대에서 새로움을 부여받을 수 있다. 오래된 것, 낡은 것에 대한 깊은 이해와 애정의 작업이 수반되지 않는 한, 도시와 잘 어울리는 새것을 찾는 일은 그만큼 어려워질 수밖에 없다. 건물의 부조화는 거기서 시작된다. 그렇게 새 건물에 관대할 수 없는 건 역시, 우리 스스로 이 도시가 견지해온 오래된 것을 스스로 귀하게 돌보지 않아왔기 때문이라는 생각이 든다.

상수동은 공사중

독일 라이프치히 시네마테크에서 사무국장으로 일하던 마크 시그문드는 우연히 부산국제영화제에 참석했다가 지금의 아내를 만났다. 짧은 만남 후 몇 년간 원거리 연애를 한 그들은 마침내 결혼했고 아이를 가졌다. 마크는 얼마 전까지 서울영상위원회 해외사업팀에서 일했으며 서울에서 영상물을 찍으려는 해외와 서울을 연결하는 업무를 담당했다. 국제영화제에서 그를 만나기도 했고 출장 갔다가 들어오는 인천공항에서 해외촬영팀 안내를 하러 나온 그를 만난 적도 있다.

처음 그를 인터뷰하던 날 그는 나를 종로3가역에서 낙원상가로 가는 좁은 골목길에 늘어선 순대국밥집으로 안내했다. 낙원상가에는 어릴 적 내가 다녔던 기억법 학원과 아트시네마가 되기도 했던 '허리우드 극장'이 있어 내게는 익숙한 장소다. 어릴 맨 돼지머리가 문

앞에 있고 고약한 냄새가 나는 골목을 통과하는 게 여간 고역이 아니었다. 코를 막고 한달음에 내달리느라 바빴던 그곳에 라이프치히 출신 독일인 안내로 다시 발을 들였다. 주 고객은 충무로 평양냉면 가게 '필동면옥'과 겹치는 듯했다. 가격 대비 맛도 좋았다. 마크는 약속 장소로 누구나 아는 인사동을 택한 뒤 그곳을 거점으로 종로 뒷골목의 게이 바, 전집, 숯불갈비집, 포장마차 같은 단골집으로 향한다고 했다. 홍상수 감독의 영화 〈오! 수정〉을 보고 찾게 된 고갈비 집의 VIP 단골 고객이기도 했다. 그에게 진짜 서울은 이런 뒷골목이었다. 무분별한 재개발에 노출된 한국을 보고 그는 건물을 돈벌이 수단으로만 생각하는 우리의 개발 정책이 "사람이 아니라 차나 건설을 위한 촌스러운 개발 정책에 불과해요"라고 예리하게 비판했다.

"녹청Patina이라고 아세요? 오래된 집에 있는 녹을 말해요." 고향 독일의 건물은 오래되고 낡았지만, 그렇게 도시의 세월을 말해주는 표식이 있었다고 한다. 서울은 달랐다. 처음 서울에 와 대규모 아파트 단지에서 살던 그는 도저히 이대로는 살지 못하겠다고 생각했다. 그즈음 다행히 시골집처럼 조그만 마당이 있는 성북동 집을 알게 되고 이사를 했다. "전 생활하면서 생긴 흔적들, 역사가 있는 곳을 좋아해요. 새 건물은 역사가 없어서 좋아하지 않아요. 한국에는 잘못 지은 집이 너무 많아요. 역사를 읽을 수 있는 곳이 없죠. 직업적인 관점으로 봐도 서울은 이런 식으로 개발하면 십 년 뒤에는 아무 매력이 없는 도시가 될 거예요. 재미가 없어지는 거죠." 그가 말한 유럽의 건물, 도시에 대한 집착은 서울과는 확연히 차이가 났다. "독일은 도시건축위원회가 있어서 어느 정도 개발이 통제가 되고, 오래된 건물은 정부에서 지원을 받기도 해요. 한국과 유럽의 가장 큰 차이가 아닐까요. 독일, 프랑스, 이탈리아는 물적 유산의 개념이 확실해요. 강하게 보호해요. 오래된 집을 없애면 집회를 하죠. 그런 것에 미친 듯 집착해요." 사랑하는 사람이 생겼고, 그래서 서울의 삶을 택했고 이곳에 살고 있는 그는 변화하는 서울, 새롭고 깨끗한 서울 대신 과거부터 이어져오는 서울을 자신만의 방식, 가치관으로 찾아내고 즐기고 있었다. "도시가 넓으니까 예전의 흔적을 가진 멋진 건물이 다 없어지지는 않을 거라는 희망을 가져볼 뿐이죠."

나 역시 뉴욕, 홍콩, 파리, 베를린, 도쿄 같은 도시를 떠올려볼 때 가장 인상적이었던 건 몇 년을 방문해도 쉬 변하지 않는 도시의 모습이었다. 가끔은 이래도 되나 싶기도 하다. 그 도시는 과거를 간직한 채 머물러 있어서 5년에 한 번, 10년에 한 번 그곳에 찾아가는 이방인마저도 예전을 추억할 수 있다. 물론 그들 나름의 사정은 있을 것이다. 한 건물에 몇 백 채 가구가 기거하는 홍콩은 세계에서 집값이 비

싸기로 소문난 도시다. 외관을 바꾸는 것 하나도 경제적 부담이 너무 커서 좀체 세입자의 합의점을 찾기 힘들다고 한다. 낡았지만 멋스러운 '홍콩스러운' 분위기가 생긴 이유다.

고대의 흔적을 고스란히 간직한 이탈리아의 도시 로마 역시 세월이 흘러도 꿈쩍도 하지 않는 대표 도시다. 몇 년 전 뉴스를 보니 로마의 상징인 돌길을 없애자는 법안이 상정되기도 했다. 자동차가 달릴 때 돌길이 흔들려 건물까지 영향을 받는다는 실리적 이유 때문이었다. 아름다움을 간직해야 하는 도시, 영화 〈냉정과 열정 사이〉의 쥰세이와 아오이가 그곳에서 느끼던 갑갑함이 새삼 떠오른다. 물론 그 법안은 실행되지 않았다. 로마를 지탱하는 바닥을 바꾼다는 건 곧 자기부정과도 같은 일, 결국 반대가 엄청났다. 스위스의 명산 융프라우를 오르기 위해 가던 날, 뻐꾸기시계에서 볼 법한 마을의 고풍스러운 집이 정갈하게 유지되어 있는 것을 보고 감탄을 연발하는 나에게, 숙소 주인은 이렇게 말했다. "외관을 가꾸는 것에 다분히 강제성도 없지는 않아요. 집 창가에 화단이나 화분을 가꾸게 하고, 정부 보조금을 주는 거죠." 도시를 유지하는 데는 그들 나름대로의 이유도 존재하고 그만큼의 노력도 필요하지 싶다.

이런 도시를 하나둘 떠올려보며 상수동 사무실에 앉아 있다. 상수동은 지금 '공사중'이다. 방송의 '온에어' 사인처럼 상수동 입구에도 '공사중' 사인이 필요하다. 당장 회사 밖을 나서면 부서진 집의 잔해가 시야를 가리고, 인테리어를 위한 부자재가 거리를 침공하고 있다. 오래된 정취를 가진 집은 정취가 있는 마당을 없애고 야박하게 공간을 활용해 카페가 되고 카페는 얼마 되지 않아 내부를 허물고 새 주인이 운영하는 대형 팥빙수 체인점이 된다. 이 엄청난 팥빙수 '열기'가 식고 나면 그곳엔 또 무엇이 들어설까. 모를 일이다. 산책 길, 불과 얼마 전에 있던 아담한 2층 양옥집이 허물어지는 것을 보며 좌절하는 일이 요즘 들어 허다하다. 상수동에 표어를 붙여본다. '이곳에서 살아남는 사람은 집주인과 인테리어 업자뿐이다.'

회사 뒷골목, 자주 찾아가던 카페가 있었다. 주차장 크기에 앉을 자리도 없는 곳인데 점심시간이 되면 커피를 사려는 사람이 줄을 섰다. 1년을 들락거렸으니 이쯤 되면 얼굴을 익혔을 법한데도 통용되는 언어는 정해져 있다. "어떤 걸로 드릴까요?" "안녕히 가세요." 청년 사업가의 언어는 그만큼뿐이다. 절약형 언어처럼. 그곳 커피의 맛은 일정했고 가격 변동도 없었고 서비스도 한결같아 한번 알게 된 사람은 반드시 다시 찾아가게 만들었다. 그런데 최근에는 이 카페도 이전을 했다. 집주인이 세를 올린 탓이었다. 물론 장사가 잘되니 주인으로서는 당연한 욕심일 수 있다. 하지만 건물주는 주변 골목에 대한 이해를

간과했다. 거기에 길이 있어서 간 게 아니라, 그 집이 좋아 길이 생긴 것이다. 이런 공간은 이미 존재하는 것이 아니라 애써 만드는 것이다. 카페를 찾던 사람들은 새 카페로 철새가 어미 새를 따라가듯 옮겨 갔고, 기존의 자리는 더는 사람이 찾아가지 않는 거리가 됐다.

얼마 전엔 상수동에서 가장 맛있는 파스타집도 비슷한 이유로 자리를 내주었다. 파스타집 사장이, '곧 들어올 집은 원래의 상점과 아무 관계 없는 집이다'라며 쫓겨나가는 자신의 심정을 토로한 글을 상점 앞에 붙여두었다. 아쉬운 마음에 마지막으로 그곳에 가 만찬을 즐겼다. 돌이켜보니 홍대 앞을 지켜온 리치몬드 제과점이 대기업 체인에 쫓기듯 내몰린 게 이 흐름의 시작이었지 싶다. 이렇게 최근 들어 상수동에서 입소문난 상점이 솟아오르는 가겟세를 감당하다 지쳐 나가떨어지는 일이 부지기수다.

애써 만들어놓은 공간을 자본에 내어주고야 마는 도시에 살자니 회의가 몰려온다. 돈의 흐름으로 사람의 환경이 결정되는 곳이라면, 어떤 공간도 살아남을 재간이 없다. 서울은 늘 변하고 그래서 다채롭고 덕분에 매우 흥미롭지만, 그 변화를 어떤 가치관을 가지고 수용할지에 대한 철학은 아직 전무한 도시다. 이 지점에 대한 숙고가 전제되지 않은 채 개발되는 도시의 미래가 10년 후 어떤 모습이 될지 상상만으로도 끔찍하다. 단지 소유한 이에게 돈이 되고, 사용자에게 쾌적하고 편리한 것이 최고라 평가되는 도시에서, 고고하게 기품을 잃지 않기 위해서 내가 지켜야 할 가치는 또 무엇인지 고민해본다.

플로리안의 아파트

초등학생 때 집 지하실에서 불이 난 적이 있다. 모두 잠든 새벽녘에 벌어진 일이라 사태를 파악할 정신이 없었다. 집 밖으로 나가라는 대피 지시를 받고 나왔을 때 내 눈을 압도한 것은 방화복을 입은 채 분주히 움직이던 소방관들의 모습이었다. 옆집 사람에게 우리 형제를 부탁하며 엄마는 집에서 간신히 가지고 나온 보따리를 건네줬다. "일이 수습되면 데리러 갈 테니 일단 옆집 아줌마 따라가"라는 말과 함께. 공포와 불안으로 바들바들 몸을 떨며 우리는 연기 자욱한 그 자리를 떠났다. 금전 손해는 있었지만 다행히 다친 사람은 없었다. 정신이 들자 나는 엄마가 급박한 상황에서도 챙겨 나온 물건이 궁금해졌다. 보자기에는 집에 있던 패물과 현금이 있었는데, 많지는 않지만 우리집 전 재산이니 챙겨올 만했다. 또 하나는 앨범이었다. 앨범, 앨범? 생사가 급박한 마당에 앨범이라니! 그까짓 거, 과거의 기억일 뿐인데. 어쩌자고 엄마는 수많은 물건 중 앨범을 챙겼고, 그걸 도피하는 딸들에게 보물처럼 떠안겨주었을까. 아찔했던 시간들, 그리고 비상 상황에서의 대처를 우리 가족은 두고두고 곱씹었다.

어쩔 수 없이 우리는 어떤 이별의 순간과 직면하게 된다. 인정하고 싶지 않지만 내 피붙이와도, 사랑하는 사람과도 말이다. 물건도 마찬가지다. 매순간 자신의 역사 안에서 우리는 물건과도 선택이 아니라 강요에 의해 헤어질 때가 있다. 부득이하게 떠나는 경우, 물건은 냉정하게 가치를 평가 받는다. 대개 쓰임새를 두고 옥신각신할 거라고 여기지만, 틀렸다. 많은 사람이 자신이 간직해야 할 물건을 기능과 실용성이 아닌 감상적인 이유로 소유한다. 그 물건과 심리적인 접착도가 얼마나 끈끈한지에 따라 물건의 존속 여부가 평가되는 것이다.

이 부분에 관한 '집요한 소유'의 일화를 듣고 마음이 먹먹해진 적이 있다. 제2차 세계대전이 한창이던 1942년, 파리 사교계의 여왕이자 배우로 활동했던 여성 플로리안은 파리의 아파트에서 몸만 빠져나와 남프랑스로 피난을 가야 했다. 파리 오페라 극장 근처에 있는 그녀의 집이 다시 문을 연 것은 경매인이 들어간 2010년, 그녀가 91세의 나이로 죽고 난 후의 일이다. 먼지가 쌓여 있지만 마치 70여 년 시간을 박제한 듯 아파트는 그대로였다. 꽃무늬 벽지와 이스탄불 양탄자, 실크 커튼이 드리워진 고급스러운 인테리어. 정교하게 조각된 목재 화장대에는 가지런히 정렬된 화장품과 향수병, 가구, 타조 박제, 실크 천, 장식용 도자기, 도서 등 당시 소유주인 그녀의 부유함과 지위를 말해주는 물건이 가득했다. 특히 최상류층 사교계 여성만 전문으로 그렸다는 조반디 볼디니가 그린 플로리안의 그림은 경매에서 210만 유로약 32억 원라는 고가에 낙찰됐다.

근 70년 동안 역사의 한 토막을 도려낸 듯한 아름다운 과거가 현재까지 유지될 수 있었던 것은 플로리안이 언젠가 자신의 집으로 돌아갈 요량으로 계속 집세를 냈기 때문이다. 그간 낸 집세는 그러니까 그녀가 자신의 기억을 연장하는 대가였다. 사정이 여의치 않아 들고 나오지 못했지만 자신의 멋진 초상화와 맘에 드는 향을 풍기는 고급 향수, 누군가에게 선물 받았을 귀한 도자기, 손때 묻은 의자가 빼곡한 공간을 그녀는 긴 시간 동안 얼마나 그리워했을까.

어떤 식의 집착이든 그 집착은 애정의 극단에서 비롯되고, 그렇기 때문에 사연이 존재하고, 슬픔이 깃든다. 폴란드의 아우슈비츠 수용소를 방문했을 때였다. 전 세계에서 찾아오는 사람들로 북적이는 이곳은, 가이드가 그룹을 이뤄 여러 동의 수용소를 안내해주는 체계

적인 방식으로 운영된다. 마침 우리 그룹에서 부모를 따라온 어린아이가 소란을 피우자, 가이드는 정중하지만 엄한 목소리로 "여기는 이렇게 떠드는 장소가 아닙니다. 역사의 아픔이 깃든 곳이죠. 관람객에게 방해되니 나가주시죠" 하고 단칼에 퇴장을 요구했다. 수용소 초입에서 벌어진 일이라, 모두들 조심스럽게 그의 설명을 경청해야 했다. 얼마 지나지 않아 경고를 이해하게 됐다. 전시장은 끔찍하기 이를 데 없었다. 좁은 복도를 사이에 둔 방마다 당시 히틀러를 피해 피난을 가던 유대인의 물건이 유리관에 전시되어 있었다. 희생자의 머리카락을 전시한 공간을 지날 때는 숨을 쉬기 곤란할 정도의 압박이 몰려왔다. 아이의 신발이 빼곡히 들어차 있었고, 그들이 떠날 때 가져갔던 트렁크가 산처럼 유리벽 뒤로 쌓여 있었다. 혹시 잃어버리지나 않을까, 각자의 이름을 새긴 트렁크에 이르러서는 눈물이 툭 하고 쏟아졌다. 집을 떠날 때 꼭 가져가야지 하고 챙겨온 기억들. 그들이 그 속에 넣어온 건 필요한 옷가지와 가족사진이었다.

나는 그 순간 어릴 적 앨범을 챙겨 나온 엄마의 마음을 알았던 것 같다. 절대 다시는 돈을 주고 살 수 없는 것들. 사진은 물론이고 다른 물건도 마찬가지다. 처음 습득한 순간에는 화폐로 교환할 수 있었던 물건은 사용자의 기억과 세월과 흔적이 묻어나는 순간, 돈으로 바꿀 수 없는 절대 가치의 물건으로 바뀐다. 배우의 볼펜을 빌려 썼다가 카

폐에 두고 나온 한 영화감독은, 다음날 배우가 "감독님, 그 펜 잘 가지고 계시죠? 제가 선물 받은 거라 꼭 주셔야 해요"라는 말을 듣고 다시 볼펜을 찾느라 애를 먹었던 일화를 들려줬다. 수소문하면 똑같은 걸 새로 살 수 있을지는 모르겠지만, 손때가 묻은 흔적은 재생 불가능한 영역이 되어버린다. 그러니 행여 '물건 따위'에 집착하느냐는 비난을 퍼부을 일이 있다면, 단 1초라도 그 물건에 깃든 개인의, 사소하지만 감상적인 역사를 떠올려주기를 바란다.

france
gall

SACRE CHARLEMAGNE
AU CLAIR DE LA LUNE
NOUNOURS
BONNE NUIT

PHILIPS

... et ses petits amis